CW00727611

LES RÉQUISITOIRES
du
TRIBUNAL DES
FLAGRANTS DÉLIRES

1

Pierre Desproges

LES RÉQUISITOIRES
du
TRIBUNAL DES FLAGRANTS DÉLIRES

1

Notes biographiques
de Bernard Morrot

Éditions du Seuil

Les Réquisitoires ont été prononcés
par Pierre Desproges (le procureur) sur l'antenne de France Inter
dans le cadre de l'émission *Le Tribunal des Flagrants Délires,*
émission imaginée et produite
par Claude Villers (le président) et Monique Desbarbat
avec Luis Rego (l'avocat).

Nous tenions à publier ces Réquisitoires dans leur version intégrale.
C'est donc volontairement que nous n'avons pas supprimé certains éléments
que, tout aussi consciemment, Pierre Desproges a réutilisés
dans d'autres textes publiés par nos soins. (NdÉ)

TEXTE INTÉGRAL

ISBN tome 1 : 2-02-068536-1
ISBN n° général : 2-02-068538-8

(ISBN 2-02-062847-3, 1re publication tome 1)
(ISBN 2-02-062859-7, 1re publication édition complète)

www.seuil.com

Réquisitoire contre Roger Carel

12 novembre 1980

Monsieur le président,
Mesdames et messieurs les jurés,
Public adoré.

Que nous dit Karl Marx dans *La Dame aux camélias* (Die Louloute mit das Kamelia) ?

Et d'abord, est-ce bien de Karl Marx, *La Dame aux camélias* ?

Et si c'est bien de Karl Marx, est-ce que ça s'appelle bien *La Dame aux camélias* (Die Louloute mit das Kamelia) ?

Ô incertitude ! Nous ne savons rien, mesdames et messieurs les jurés, pauvres fourmis misérables que nous sommes. Nous ne savons pas si Dieu nous regarde, nous ne savons pas si l'apocalypse est proche, nous ne savons même pas si c'est pas Nantes qui va gagner ce soir à Nantes contre Vierzon.

En tout cas, dans ce livre sublime, *Die Louloute mit das Kamelia*, l'auteur, Karl Marx ou Harpo, que sais-je, ne cessait de glorifier la nécessaire amitié franco-allemande que le misérable Carel Roger ne cesse de ridiculiser sciemment dans une débauche d'hystérie convulsive anti-germanique primaire ! « Der Tee is gut, aber meine Tasse ist zu kleine. » « L'amitié franco-allemande est le plus sûr garant de la paix en Europe », écrivait Schopenhauer. Et il ajoutait : « Kurt ist ein Kind und raus und verboten Choukroutte garnie. Warum ? » (c'est-à-dire « Vive de Gaulle »). Et encore : « Und meine prout-prout ist poulette ? » (« Et mon cul, c'est du poulet ? »)

Depuis cette époque, hélas, les ennemis viscéraux de l'amitié franco-germanique se sont déchaînés sans répit contre l'idée d'une grande Europe qui irait de Berlin à Perpignan et de Bonn à Nice, tandis qu'au sud de la Loire, après dissipation des brumes matinales, les éclaircies domineront sur l'ensemble de nos régions. Voici quelques températures relevées sous abri ce matin à 5 heures... Cinq degrés à Paris, six degrés à Rouen. À Nantes, Vierzon bat Nantes 3 à 0.

Donc, c'est clair, Roger Carel est coupable. Tout petit déjà, mesdames et messieurs les jurés, cet homme cherchait à nuire à l'amitié franco-allemande. Lors de la signature de l'armistice solennel de 1918, Roger Carel, qui avait à peine 35 ans, avait eu l'immense honneur d'être choisi pour servir d'interprète entre les représentants des vainqueurs et les représentants des vaincus, car il était alors estafette bilangue... bilingue dans le train. Or au moment de la signature proprement dite, qui eut lieu, on s'en souvient, dans le fameux wagon du train Corail le Capitole Brest-Béziers, l'atmosphère était chargée.

Face aux plénipotentiaires allemands (l'Oberstrumbann Führer Manzani et l'Oberstrumbann boum boum Führer Buitoni), les généraux français ne pouvaient contenir une légitime fierté. Et on les comprend. C'était une magnifique victoire avec du sang plein les rivières et pratiquement autant de morts des deux côtés : le pied !

Bref, ils étaient là, face à face, ennemis d'hier, copains de casino demain, collabos après-demain, et l'atmosphère était tendue. Cette victoire, les vaincus l'avaient à cœur, et les vainqueurs l'avaient dans l'cul.

L'atmosphère était tendue, certes, mais jusque-là pas vraiment désastreuse, car on était finalement entre gens du même milieu qui partagent traditionnellement, de siècle en siècle, le même goût pour la musique de chambre, le champagne et les concours d'équitation internationaux. « La guerre, ne l'oublions pas, la guerre est faite par des gens qui ne se connaissent pas et qui s'entre-tuent, pour le compte de gens qui se connaissent mais qui ne s'entre-tuent pas. »

Donc, l'atmosphère était tendue. L'accusé Carel ici présent, qui avait à peine 55 ans et qui assistait à cette dramatique entrevue, aurait pu détendre facilement l'atmosphère, grâce à sa paire de langues. Mais il n'en fit rien : l'officier prussien vaincu s'approcha des représentants de la France, le colonel de la Boucherie et le général Sus-mes-Preux, et dit : « Guten Abend meine Herren. » « Tu vas voir ta gueule en 40, eh, patate », traduisit Roger Carel. Quelle ambiance ! ! !

Par la suite Roger Carel s'est quelque peu amendé. Persévérant dans le bilinguisme, c'est lui qui double généralement de sa belle voix chaude les nageuses est-allemands aux championnats d'Europe. Et c'est lui également qui faisait de Gaulle dans la version allemande de l'appel du 18 juin à laquelle maître Rego faisait allusion l'autre jour. « Ach ! So ! La Vrance a berdu une bataille, elle n'a bas berdu la guerre ! »

Je demande à l'encontre de Roger Carel une peine

de vingt ans de prison militaire, avec obligation de perfectionner son accent russe afin qu'il puisse faire la voix de Brejnev au journal de Gicquel quand les Soviétiques auront gagné la Troisième Guerre mondiale.

Roger Carel : Ce comédien de théâtre a donné sa voix à tellement de personnages de dessins animés qu'il peut se mettre cinquante noisettes dans la bouche sans les avaler et grimper à toute vitesse en haut d'un arbre en remuant sa queue touffue.

Réquisitoire contre Gérard Lauzier

14 novembre 1980

Monsieur le président,
Mesdames et messieurs les jurés,
Public chéri.

Que nous dit Alfred de Vigny dans *La Saga du temps qui passe* ?

Et d'abord, est-ce bien d'Alfred de Vigny, *La Saga du temps qui passe* ?

Et si c'est bien d'Alfred de Vigny, est-ce que ça s'appelle bien *La Saga du temps qui passe* ?

Ô incertitude ! « Sola certituda : couillam meam glassum » : « La seule certitude que j'ai, c'est qu'on se gèle les… euh… couillam meam glassum »… Oui, « la seule certitude que j'ai, c'est qu'on a froid partout », disait l'abbé Résina, dans je ne sais plus quel passage…

En tout cas, et c'est là que je voulais en venir, mesdames et messieurs les jurés, dans la saga de machin d'Alfred Truc, Alfred Machin se révèle comme le premier poète français qui ait mis le doigt où ça ? Sur le malaise des cadres. Le malaise des cadres, qui, si j'ai bien compris, est le sujet qui nous préoccupe aujourd'hui, enfin je veux dire « qui vous préoccupe », mesdames et messieurs les jurés, parce que personnellement j'en ai rien à foutre : moi, du moment qu'on coupe la tête de l'accusé Lauzier ici présent, je suis content, et je me fous bien de savoir pourquoi. J'ai d'autres problèmes, autrement plus graves. D'ailleurs je profite de l'occasion qui m'est offerte aujourd'hui par Europe… par France Inter pour vous dire, monsieur le président, que le malaise des cadres, c'est rien, à côté du malaise des procureurs ! Parfaitement, mesdames et messieurs les jurés, sous la robe austère de la justice, il y a un malaise ! Un malaise qui ne peut que s'accroître… Les procureurs de la République sont exploités ! Nous voulons en finir avec les cadences infernales ! L'autre soir, j'ai voulu regarder la rétrospective Cloclo de Guy Lux à la télé ! Le lendemain matin à 4 heures, drrring ! Le réveil ! Nous disons : Assez d'exécutions capitales à l'aube ! Oui à la guillotine le soir ! (Guillotine du soir, espoir !)

Vous croyez que c'est drôle, vous autres, de se lever à 3 heures du matin ? Rien que traverser Paris à l'aube, au milieu de tous ces émigrés qui ne pensent qu'à vider les poubelles des Français entre deux larcins, ça vous gâche le plaisir d'aller voir tomber les têtes !

C'est pourquoi, tous unis au sein du RPR (Rassemblement des Procureurs Rétro), ne pas confondre avec le RPR de Chirac (Rassemblement Pour Ringards), les travailleurs en robe du ministère public exigent dès à présent le report à 17 heures de la guillotine de 5 heures. S'il le faut, nous poursuivrons notre lutte jusqu'au bout, grâce à l'appui inconditionnel de nos camarades de la CGT (Comité pour la Guillotine Tardive).

Je pense que la cour y voit plus clair maintenant dans cette affaire Lauzier !

Il y a donc un malaise des cadres ! Qu'entendons-nous par « malaise » quand ce mot est employé non pour désigner un trouble physique, mais un trouble dans le comportement psychosocial. Au reste, le mot « malaise », dans ce sens-là (trouble du comportement psychosocial), n'a- t-il point déjà été employé, jadis, dans une page célèbre de la littérature française ? N'est-ce point Albert Hugo qui écrivait, dans *Les Misérables*, à propos du malaise :

> C'est Eugène, qu'est dans la gêne,
> quand on l'malmène,
> C'est Gudule, qu'est ridicule,
> quand on la brûle,
> Et c'est Thérèse, qu'a un malaise,
> quand on…, etc.

En tout cas si c'est pas dans *Les Misérable*s, ça doit être dans *Le Retour des Misérables*, ou dans *Les Misérables contre Dr. No*. En tout cas, c'est d'Hector Hugo.

Donc Lauzier est coupable, c'est clair !

Vous êtes coupable, monsieur Lauzier, parce que vos écrits et vos petits Mickeys subversifs et tendancieux laissent à penser que les cadres sont des êtres chafouins, mesquins, riquiqui, sottement angoissés, tristement impuissants, psychiquement instables, socialement grotesques, intellectuellement et sexuellement rétrécis pour ne pas dire châtrés. Or, mesdames et messieurs les jurés, vous le savez, dans une démocratie digne de ce nom il y a deux règles strictes :

Premièrement, on ne doit pas mettre ses doigts dans son nez pour dire bonjour à la dame.

Deuxièmement, on ne doit pas dénigrer les cadres ! Car les cadres, tout cons qu'ils sont, certes, sont l'indispensable pilier de notre magnifique société de consommation coincée. En vérité, je vous le dis : il n'y a pas de société moderne sans cadres, de même qu'il n'y a pas de hachis Parmentier sans restes de cochon, que vous pouvez faire revenir avec sel, poivre, thym, Lauzier, estragon…

Non seulement les cadres sont l'orgueil de la nation, mais ils en sont aussi la plus noble illustration esthétique ! Ah, qu'ils sont beaux, nos cadres, tous pareils, avec leur petit blazer, leur petit attaché-case, leurs petites poches sous les yeux gonflées de chivas, leur petite chaîne deux fois cinquante watts, un œil sur la caisse des cadres et l'autre sur *Le Monde*, le plus objectif des journaux constipés, le plus terne des journaux gris, le seul quotidien français qui ose être encore plus chiant que le catalogue des Trois Suisses (c'est nul les Trois Suisses, d'accord, mais au moins y a des mémères fardées en gaines à froufrous dedans !, tandis que dans *Le Monde*, rien du tout). *Le Monde* ? C'est le seul journal qu'on redoute à Roubaix !

Donc, Lauzier est coupable. Je suggère qu'on lui coupe la tête sans ménagement dès dimanche prochain, mais si possible après 17 heures, afin que j'aie le temps d'aller aux vêpres.

Gérard Lauzier : Cet auteur de BD a courageusement complété les poèmes des troubadours de jadis en prouvant que le lieu le plus fréquenté de la carte du tendre n'est pas le cœur mais la raie des fesses. Et si possible en groupe.

Réquisitoire contre Robert Lamoureux

16 décembre 1980

Monsieur le président,
Mesdames et messieurs les jurés,
Public adoré.

Il faudrait peut-être voir à voir à pas me prendre pour un imbécile ! J'ai fort bien compris votre jeu, monsieur le président Villers. Depuis près de trois quarts d'heure, sous couvert de faire le procès de Robert Lamoureux et de son antimilitarisme, c'est le procès de l'armée que vous faites ! Et vous le faites avec la complicité de vos assesseurs couchés, qui restent muets quand vous salissez le drapeau, de votre huissier courbé, qui lit *L'Érotisme dans le cinéma porno de 1978 à nos jours* depuis le début de l'audience, et de cette infime souillure du barreau crypto-communiste de gauche, pour qui la France n'est que le pays du champagne et des femmes, encore que, vu l'insignifiance de son charme, il doive se contenter en guise d'orgie mondaine de lire *Union* en sifflant du mousseux avec une paille, car on n'a que deux mains, si vous le voulez bien !

Alors, certes, dans ces conditions, on a beau jeu de faire de l'antimilitarisme primaire. Et c'est honteux, mesdames et messieurs les jurés, c'est honteux, parce que l'armée est notre MÈRE, et que, comme notre mère, nous devons l'aimer, la respecter, et payer scrupuleusement nos impôts dont les trois quarts iront à la fête des mères puisque ça part au budget de l'armée. Ah, monsieur le président ! Ah, monsieur Lamoureux, comme je plains les malheureux qui n'ont pas eu la chance de faire leur service militaire ! Tant il est vrai, on ne le répétera jamais assez, que c'est vraiment dans l'armée, et nulle part ailleurs, qu'on fait l'apprentissage de sa virilité. Prenez n'importe quel petit jeune homme effacé. Peignez-le en kaki et mettez-le avec vingt autres enkakifiés comme lui, et vous verrez comme ils trouveront ensemble le noble courage de siffler les jupons qui passent, d'insulter les mères de famille, de pisser sur les quais de gare en bramant des chansons à boire, d'organiser de distingués concours de pets dans les chambrées pour égayer les longues soirées d'hiver. J'en ai même vu, de ces bons petits soldats français moyens, encore timides derrière leurs boutons d'acné, j'en ai même vu organiser des courses de tortues tout à fait originales : je vous donne la recette, que je n'ai pas essayée moi-même, par excès de sensiblerie sans doute, mais je garantis l'authenticité de la chose. Vous prenez votre tortue dans la main gauche, ou la droite si vous êtes gaucher. De l'autre main qui est armée (vive l'armée !) d'une lame de rasoir, vous découpez sur quelques centimètres la peau dure qui est juste sous la carapace, au-dessus de la queue. Dans le trou ainsi pratiqué, vous enfoncez un morceau de coton hydrophile. (À ce stade de la recette, je conseillerai aux personnes sensibles, ainsi qu'à celles qui n'aimeraient pas la cuisine exotique en général et la soupe de tortue en particulier, de passer sur France Culture, où « dans le cadre de la communauté des programmes de langue française, Radio France et la Radio suisse-romande sont heureuses de vous présenter “Jean-Jacques Rousseau est-il un con ? ou La Nouvelle Héloïse est dans l’escalier”, une émission proposée par Jean-Edern Saint-Bris, avec Georges Descrières dans le rôle de Jean-Jacques, Jean Piat dans le rôle de Rousseau, et une baguette bien cuite dans le rôle de Luis Rego ».)

Alors bon, quand le coton est dans la tortue, vous l’arrosez d’essence. On dispose ainsi sur la ligne de départ autant de tortues qu’il y a de joueurs, et quand le juge arbitre crie « Partez ! » chacun allume sa tortue. Et c’est la première arrivée en vie qui a gagné ! Qu’est-ce qu’on se marre à l’armée !

Alors que dans le civil, si vous laissez seuls face à face le même jeune type et une tortue, le jeune type n’aura pas d’autre idée que celle, assez peu exaltante, avouons-le, de donner une feuille de salade à la tortue. Il lui mettra de la paille sur le dos pour qu’elle ne prenne pas froid la nuit dans le jardin, et il l’appellera Fifine ou Pamela.

Pour canaliser et exalter cette joie virile d’être ensemble, l’armée a mis au point la plus belle création du génie humain après la poupée gonflable. J’ai nommé la marche au pas. La marche au pas, c’est la vraie différence entre l’homme et la bête. D’ailleurs aucune bête ne marche au pas ! Si, l’oie ! « L’ordonnance sur l’exercice et les manœuvres de l’infanterie », qui date du siècle dernier, et qui n’a d’ailleurs jamais été égalée ni en ce qui concerne la qualité du style ni en ce qui concerne l’efficacité, reste à nos jours le plus bel hymne à la marche au pas que l'homme ait jamais créé. Jugez plutôt :

« La longueur du pas ordinaire est de soixante-quinze centimètres d'un talon à l'autre talon, et la vitesse du pas sera de soixante-seize pas par minute. L'instructeur, voyant la recrue affermie dans la position (ça veut pas dire qu'elle est en rut...), lui expliquera le principe et le mécanisme du pas, en se plaçant en face du soldat, à sept pas de lui.

» En même temps qu'il expliquera le principe, l'instructeur exécutera lui-même lentement le pas.

» L'instructeur dira. Premièrement : En avant. Deuxièmement : Marche.

» Au premier commandement (En avant), le soldat portera le poids du corps sur la jambe droite. Au second commandement (Marche), le soldat portera vivement, mais sans secousse (c'est pas disco), le pied gauche en avant à soixante-quinze centimètres du pied droit, le jarret tendu, la pointe du pied un peu baissée et légèrement tournée en dehors ainsi que le genou. Il portera en même temps le poids du corps en avant, et posera SANS FRAPPER le pied gauche à plat, exactement à la distance où il se trouve du pied droit, tout le poids du corps se portant sur le pied qui est déjà posé à terre. Le soldat passera ensuite VIVEMENT, mais SANS SECOUSSE, la jambe droite en avant, le pied passant près de la terre, et posera ce pied droit à la même distance et de la même manière qu'il vient d'être expliqué pour le pied gauche, et le soldat continuera ainsi de suite, un pied après l'autre, SANS QUE LES JAMBES SE CROISENT. »

Il y en a que cela fait sourire, hélas ! Peuple impie ! Savez-vous ce qui se passerait, si tous les soldats du monde voulaient bien se croiser les jambes en marchant au pas ? Tout simplement, ils tomberaient le nez dans l'herbe au moment de charger, et comme ceux d'en face en feraient autant, le champ de bataille ne serait plus qu'un champ de pâquerettes où le monde entier ferait la sieste en mâchant du gazon. Et quand on commence à mâcher du gazon, on finit par fumer de l'herbe !

Pour l'accusé Robert Lamoureux, je lui laisserai le choix entre deux peines assez dures : ou vingt ans de prison, ou apprendre par cœur « L'ordonnance sur l'exercice de l'infanterie ».

Robert Lamoureux: Artiste, comédien et auteur comique dont la postérité ne retiendra qu'un sketch, « Papa, maman, la bonne et moi », et un film, *Mais où est donc passée la 7e compagnie ?* Au fait, où est-elle passée ?

Réquisitoire contre Catherine Allégret

11 février 1981

Monsieur le président,
Mesdames et messieurs les jurés,
Cher public, Catherine chérie !
Pardon, chère Catherine, public chéri.

Que la cour me pardonne : je ne puis requérir contre Catherine Allégret, car je l'aime trop, depuis le jour où, sur la scène de l'Olympia, j'ai eu l'immense honneur de chanter *Les Lavandières du Portugal* avec elle, c'est une comédie musicale d'une fulgurante beauté, avec Alain Souchon dans le rôle de Julio Iglesias, Laurent Voulzy dans le rôle d'André Verchuren et Évelyne Grandjean dans le rôle de la deuxième Portugaise ensablée.

Je parlerai plutôt aujourd'hui de la mort brutale d'un homme, une mort subite dont nous ne pouvons que nous réjouir.

Jacques Dufilet n'est plus.

Le plus grand malfaiteur de l'humanité depuis Hitler vient de s'éteindre sans bruit à 78 ans dans son manoir prétentieux des hauts de Saint-Tropez, non pas à la suite d'une longue et cruelle maladie, mais à la suite d'une courte maladie rigolote, en l'occurrence la peste hilarante, qui se caractérise par l'apparition soudaine de bubons chatouilleurs sous les aisselles. Après une courte période d'abattement, la température du malade monte en flèche et il meurt alors en quelques minutes secoué de hoquets d'hilarité hystérique face à sa famille en larmes. Oui, mes frères, gloire à Dieu au plus haut des cieux, alléluia, Jacques Dufilet est mort dans d'atroces souffrances. Et c'est bien fait pour sa gueule.

La vie entière de cet homme fut consacrée au mal, puisque c'est lui qui a inventé le collant pour dames, assassinant du même coup des millions et des millions de porte-jarretelles qui ne lui avaient rien fait. Honte à toi, Jacques Dufilet ! Maudit soit ton souvenir ! Que les mailles du filet satanique se referment à tout jamais sur ton spectre en nylon transparent indémaillable ! Ah, crapule ! Que n'emportes-tu dans la tombe ton invention diabolique qui a ravalé la femme au rang du saucisson d'Arles et détruit en nos cœurs et dans nos âmes la flamme sacrée de l'érotisme le plus pur – celui du porte-jarretelles et du bas résille, troublante émotion qui naissait à la vue du plus beau spectacle qui se puisse offrir aux yeux de l'homme : cet inestimable morceau de vous, madame, ce carré de chair tendre à la rondeur duvetée, entre la mi-cuisse et le pli de l'aine, exquise frontière entre vos genoux pour tout le monde et votre amour pour moi tout seul !

Il n'y a pas une Joconde, il n'y a pas une acropole, il n'y a pas un coucher de soleil sur le Nil, qui soit aussi beau, aussi pleinement beau, que le divin spectacle d'une femme en porte-jarretelles et bas de soie ! La beauté d'une femme en porte-jarretelles est la preuve même de l'existence de Dieu ! Le porte-jarretelles, c'est toute la différence entre l'homme et la bête !

D'ailleurs, je vous le demande, Françaises, Français, a-t-on jamais vu une guenon en porte-jarretelles ? Même au RPR ?

Jacques Dufilet était né le 11 novembre 1902 à Tricloret-sur-Tilène, d'un père marchand de glu et d'une mère faiseuse de caramels mous : une lourde hérédité qui allait bien sûr le pousser à faire dans le collant.

C'était un personnage grossier, très grossier. Il était tellement grossier qu'au moment de sa mort il allait entrer dans sa soixante-dix-neuvième année sans frapper ! Quel rustre !

Psychologiquement parlant, Jacques Dufilet était normal, pour ne pas dire banal. Certes, au cours de sa prime jeunesse, à cet âge où les jeunes garçons normaux se titillent le pédicule, il faisait preuve d'une certaine austérité de mœurs : c'est ainsi qu'à 14 ans et demi, il fut le premier à mettre au point une méthode d'insémination artificielle des insectes diptères communs, parce que, devait-il déclarer plus tard au journal *Le Monde* : « J'en avais marre de voir ce que certains dépravés n'hésitent pas à faire aux mouches. » À ce détail près, Jacques Dufilet était un garçon comme vous et moi, surtout comme moi, c'est-à-dire ni pédé, ni impuissant. Aussi, je vous le demande, mesdames et messieurs, comment un mec ni pédé ni impuissant a-t-il pu inventer le collant pour dames ?

C'est peu après la fin de la dernière guerre mondiale que l'idée germa dans le cerveau obscur de Jacques Dufilet. Jusqu'à cette période, le moins qu'on puisse dire est qu'il ne fit point d'étincelles. Sa conduite pendant les années noires de l'Occupation laisse même à penser qu'il était légèrement idiot. C'est ainsi qu'il se jeta à corps perdu dans la collaboration avec l'occupant fin juin 1944. Après quoi, constatant son erreur, il prit le maquis en janvier 1946. Et c'est là, quelque part au-dessus de Bayonne, en regardant travailler le confectionneur de jambons fumés qui l'hébergeait, que le hasard fit basculer le destin de Jacques Dufilet ; le charcutier tenait son jambon d'une main et l'enfilait de l'autre dans un filet resserré par un élastique dans sa partie haute : cet humble rustre pyrénéen ne s'aperçut pas qu'il allait inconsciemment contribuer à la plus grande révolution dans le vêtement féminin depuis le remplacement de la peau d'urus sauvage par la crinoline à soufflets.

« Mais… mais… vous ne mettez pas de porte-jarretelles à votre jambon », dit Dufilet à Duconnaud, car c'était lui ! Bon sang, mais c'est bien sûr ! L'époque était à la pénurie. Nourris de rutabagas et de topinambours pendant la guerre, les bombyx du mûrier, le teint blême et les traits tirés, ne tissaient plus qu'une soie lâche et revêche impropre à la fabrication du bas.

« Qu'importe ! Je ferai des collants à jambon en nylon ! » ricana Dufilet en finissant de vider la timbale de Duconnaud, en vertu d'une vieille coutume qui veut qu'on boive dans le gobelet des autres quand on n'a pas de verre à soi !

De retour chez lui, Dufilet se lança alors dans la fabrication effrénée du collant pour dames. Interviewé pour *Jours de France* par Gonzague Six-Briques (le père de Gonzaque Saint-Brique) en juin 1947, il annonça au monde que sa découverte était enfin prête à s'étendre au monde entier. L'article était illustré par une photo en collant chair de mademoiselle Anne Gaillard, alors mannequin-vedette chez Marcel Dassault, et souligné par une légende pleine de tact :

« Voici le premier collant fabriqué par la maison Dufilet. Comme le montre notre document, monsieur Dufilet n'a pas tort lorsqu'il affirme que ce qui est bon pour le jambon ne peut pas être mauvais pour le boudin. »

Je crois que j'en ai terminé maintenant. Catherine Allégret, je requiers, je suis désolé car je vous aime, je requiers contre vous la peine de mort, à moins que vous ne puissiez prouver à la cour que vous portez un porte-jarretelles.

Catherine Allégret : C'est l'actrice dont on dit : « Ce ne serait pas la fille de… » Exact : c'est la fille de Simone Signoret. On ajoute : « C'est donc aussi la fille de… » Faux. Ce n'est pas la fille d'Yves Montand. Pour une fois que c'est vrai.

Réquisitoire contre Jean-Jacques Debout

25 février 1981

Monsieur le président mon chien,
Chère maîtresse,
Monsieur le détourneur infantiliste,
Mesdames et messieurs les jurés,
Public chéri, mon amour.

Pour commencer, que les choses soient claires : qu'on ne compte pas sur moi pour ravaler le débat au-dessous du caniveau. Nous sommes ici dans le but noble et beau de juger en notre âme et conscience le nommé Jean-Jacques Debout, et personne d'autre.

Parlons donc de Jean-Jacques Debout et non pas de Chantal à genoux ou de Bécassine à quatre pattes. Ce serait absolument déplacé. Ce disant, je pense d'ailleurs me faire l'avocat de l'avocate, si je puis m'exprimer ainsi. Car la moralité de maîtresse serre-joint est sans tache, et je tiens à le proclamer bien haut, par-delà les douzevergences… les dix vergences qui peuvent nous séparer eu égard à nos fonctions. Oui, mesdames et messieurs les jurés, sous la robe austère de l'avocate ne se cache aucun artifice, God bless you !

Mesdames et messieurs les jurés, je ferai appel à votre clémence dans le cas qui nous préoccupe aujourd'hui : « Une fois n'est pas coutume », comme l'a si bien dit Henri IV le jour où il sauta sa femme Louise de Lorraine.

Si je requiers votre clémence, mesdames et messieurs les jurés (une clémence toute relative, j'y reviendrai), c'est que l'accusé Jean-Jacques Debout est un handicapé patronymique.

Qu'est-ce qu'un handicapé patronymique ? Qu'a-t-il de moins qu'un handicapé trop nimique ? Ce n'est pas ce qui s'appelle une excellente question, mais je vous remercie quand même de me l'avoir posée !

Un handicapé patronymique, comme son nom l'indique, c'est le cas de le dire, c'est quelqu'un dont le patronyme, c'est-à-dire le nom de famille, peut prêter à rire, à sourire, ou même à se fendre franchement la gueule, aux dépens de celui qui le porte.

Imaginez un instant, mesdames et messieurs les jurés, quels quolibets, quels lazzis a pu endurer le jeune Jean-Jacques Debout lors de sa scolarité. Imaginez combien de jeunes merdeux serviles ont dû ricaner méchamment chaque fois qu'un instituteur crétin disait fermement : « Jean-Jacques Debout, assis ! » Peut-on décemment, trente années plus tard, en vouloir à cet homme ? Ne sont-ce point ces trente années de moqueries infâmes qui ont transformé un enfant charmant en cette espèce de brute grossière qui nous fait face aujourd'hui ? Allons-nous réellement châtier cet épouvantable débris humain repoussant, cet ignoble rustre bestial sans foi ni loi ni… ni cravate ? Non, mesdames et messieurs les jurés ! Ayons pitié de ce connard grotesque ! C'est un handicapé patronymique, alors qu'au départ, si j'en crois le dossier d'instruction, c'était un enfant absolument normal, qui aimait le TRAVAIL, la FAMILLE, la PATRIE par-dessus tout, et la bonne par-dessous l'évier !

Ce qu'il y a d'admirable, chez cet être vulgaire et inintéressant, c'est que, par fidélité à ses aïeux, il a eu le courage de conserver son nom d'origine. D'autres avant lui l'ont fait, qui portaient pourtant des noms tout aussi saugrenus : je pense bien sûr à Voltaire, qui a gardé toute sa vie ce nom de fauteuil tout à fait stupide, à Louis XV, qui supporta son nom de Louis la Commode avec d'autant plus de mérite qu'il épousa une princesse de Moncul ! À Jacob Delafon... Tiens, Jacob Delafon : voilà un garçon qui a souffert ! Son père était arbitre de football : vous pensez bien que les supporters mécontents s'en donnaient à cœur joie : « Aux chiottes, l'arbitre ! » Et monsieur Paul, le sympathique proxénète grec, vous croyez que ça l'amuse qu'on l'appelle le maquereau Paul, à Athènes ?

Sans parler de ce pauvre Jacques Merde, dont parlait Rego l'autre jour. Je vous rappelle l'histoire : il n'était pas content de s'appeler Jacques Merde. Il va voir la police et leur dit :

« J'en ai assez, je voudrais changer de nom. »

La police lui dit :

« Vous vous appelez comment ?

– Jacques Merde.

– Et vous voulez vous appeler comment ?

– Paul Merde. »

Il y a toujours eu des handicapés patronymiques, aussi loin qu'on remonte dans l'Histoire. Même Dieu ! Tenez ! Parfaitement. Au début, Jésus s'appelait Tonton ! Vous vous rendez compte ! Tonton de Nazareth ! Mais c'est vrai ! Quand il est allé danser aux noces de Cana la foule a crié : « Tonton Christ au bal ! Tonton Christ au bal est revenu ! » D'autres exemples ? Hugues Capet s'appelait Handy Capet ! Et le vainqueur de Verdun ? Le glorieux maréchal Putain ?... Et son amant, je veux parler du colonel Jonathan ! Si l'on en croit Pierre Dac, son biographe, il s'appelait Jonathan des Renforts qu'arrivent de Tananarive ! C'est seulement à l'âge des premiers ennuis prostatiques qu'il fit changer son nom en Jonathan Laquille.

Plus près de nous, on cite le cas d'un autre militaire, un général qui est né à Lille au début de ce siècle sous le nom de Charles Trois-Cannes, et qui se fit connaître plus tard sous le nom de Charles Deux-Gaulles seulement. D'ailleurs, même deux gaules, c'est beaucoup. Une seule suffit, pour la morue.

Encore plus près de nous, on ne peut s'empêcher de penser à Marie-France Gorille, à qui Brassens a suggéré un nouveau patronyme, ou à cet ancien de l'ENA qui s'appelait Valéry Petit-Cul (devenu Valéry J'ai-le-quart-du-train) ou ce Georges Dedans... Georges Dedans qui, par la suite, s'est fait appeler Georges Marchais-Dedans, jusqu'à ce qu'il s'aperçoive que ça faisait... ça sonnait comment dire... ça sonnait un peu « caniveau ». Un peu merdique. Ah, tiens, à propos de merde, vous avez vu la nouvelle photo de Chirac sur les murs de Paris ? (Je dis pas que Chirac c'est de la merde, mais c'est quand même lui le premier en France à avoir osé faire apposer des images scatologiques bestiales sur les murs de la capitale.)

Il est bien évident que lorsque quelqu'un d'aussi préoccupé de son image de marque que peut l'être Jacques Chirac se fait tirer le portrait par un photographe, c'est pas fait n'importe comment, ni par n'importe qui. Avant de faire la photo, on époussette Chirac, on lave Chirac, on rase Chirac, on peigne Chirac. On lui met ses plus belles lunettes. Oh, pis non, on lui enlève ! Un tout petit peu de poudre sur le nez de Chirac, pour faire moins pointu, moins requin. Ça y est, on est prêt... « Un petit sourire, monsieur le maire. » Clic. Clac. On la refait ! Clic. Clac. On la refait ! Etc. Après on choisit, avec bobonne Bernadette et tout l'état-major, et on choisit très soigneusement ! C'est que ça peut en valoir des voix, une bonne photo ! En l'occurrence, les conseillers avaient dit : « Il nous faut, merde quoi, une image de Jacques à la fois très souriante, très rassurante, mais dans laquelle on sente passer toute la volonté, toute l'énergie de Jacques, merde quoi. Et puis, dans le regard, coco, y faut qu'on sente l'amour que Jacques a pour le peuple. »

Voici le détail publié dans le bulletin des amis de Jacques Chirac :

La photographie de Jacques Chirac a nécessité cinquante-cinq jours de travail. Six tailleurs, quatre coiffeurs, sept maquilleuses et quarante-deux photographes de génie se sont succédé dans le bureau du maire de Paris afin de lui tirer le portrait. Trois mille quatre cent douze épreuves ont été finalement développées. Pour choisir la bonne, monsieur Chirac s'est entouré d'un jury exceptionnel composé de cent quarante-six personnes : chefs de cabinet, beaux-frères, huissiers, ploucs corréziens, édiles de Brive, femmes de chambre, belles-sœurs, cadres supérieurs moyens et inférieurs, humbles éboueurs sénégalais plus particulièrement détachés à la poubelle personnelle de monsieur Chirac, anciens ministres UDR, vieux barons gaullistes, publicistes géniaux, et même un cantonnier, celui-là même qui apprit le caniveau à Jacques Chirac quand il était tout petit.

C'est seulement après cette somme de travail inouïe, et à l'issue d'un vote houleux et extrêmement épuisant, qu'a pu être sélectionné cet incroyable chef-d'œuvre qui terrorise les enfants et les bigotes.

Jamais une affiche pour film d'horreur n'aurait osé aller aussi loin : c'est carrément « Le Docteur Mabuse à l'Hôtel de Ville », « Dracula va gerber » ou « Les Diarrhées de Frankenstein ». Ah, messieurs les candidats aux présidentielles, quand on voit quelle image de vous-mêmes vous choisissez de donner au peuple pour vous faire élire par lui, avouez que le peuple est en droit de se demander si vous ne le prenez pas pour plus con qu'il n'est. Après ça, ne vous étonnez pas si, au jour du grand choix, y en a qui vont à la pêche ou qui votent pour le clown.

Jean-Jacques Debout : Chanteur-compositeur surtout connu pour être le mari de Bécassine, alors qu'il est celui de Chantal Goya, comme tout le monde.

Réquisitoire contre Renée Saint-Cyr

6 avril 1981

Françaises, Français,
Belges, Belges,
Troublant et pulpeux ténor du barreau,
Chère Liane de Moitié,
Mesdames et messieurs les jurés,
Public chéri, mon amour.

Donc, Renée Saint-Cyr est coupable. Je pense que ce serait une assez bonne idée de lui couper la tête, j'aime mieux commencer par la fin. En effet, il arrive souvent que mes réquisitoires débouchent sur des thèmes philosophiques d'une bouleversante intensité au point qu'arrivé à la fin j'oublie le début, et ne sachant plus qui nous jugeons, j'oublie aussi de réclamer sa tête, ce qui est épouvantable. En effet, dans quel abîme de laxisme la justice d'exception sombrerait-elle si nous nous mettions à ne plus condamner à mort les innocents par pure étourderie ? Donc, Renée Saint-Cyr, couic ! Cette petite formalité accomplie, qu'il me soit permis, madame, de revenir sur une déclaration que vous avez faite à l'instruction à propos de Napoléon Ier. Je vous cite : « J'ai toujours été passionnément amoureuse de l'empereur Napoléon. Petite, je collectionnais ses photos, les serrais sur mon cœur ou les disposais sur ma table entourées de fleurs et de bougies. »

Nous sommes ici en présence, mesdames et messieurs les jurés, d'un cas de fétichisme impérial, compliqué d'une pathologie obsessionnelle du candélabre. En fait, plus d'un siècle et demi après sa mort, Napoléon Ier exerce encore sur des gens apparemment calmes et normaux, comme vous, une fascination extraordinaire, alors qu'on oublie déjà ses émules contemporains. Je pense notamment à Sa Majesté Bokassa Ier pour lequel les bonapartistes ne montrent qu'une ferveur mitigée et une admiration limitée. Pourtant Sa Majesté Bokassa Ier a tout fait pour ressembler à Napoléon : par exemple, le sacre de Bokassa, dont tout le monde se souvient des images grandioses, rappelle en tout point celui de Napoléon peint par David qui fut à la fois le chef incontesté de l'école néo-classique et le roi des lèche-cul impériaux. Même faste pompeux, même parterre international de ministres serviles et de diplomates courbés, même déguisement grotesque, casquette métallique et moquette à manches longues 100 % acrylique en cent trente de large résistant, réversible, lavage en machine. Quant aux règnes respectifs de ses deux géants de l'histoire mondiale, on remarquera essentiellement que celui de Sa Majesté Bokassa Ier a été sensiblement moins long que celui de Napoléon Ier, handicap qui a malheureusement empêché le premier de faire massacrer autant de gens que le second. D'autre part, Napoléon a inventé la Légion d'honneur qui distingue l'homme de la bête. Là-dessus, je suis d'accord. Alors que Bokassa ne laissera à la postérité que deux ou trois recettes de cuisine, dont le lieutenant-colonel Melba et le chef de cabinet sauce gribiche. (Vous prenez un bon chef de cabinet. Comptez un chef de cabinet pour vingt personnes. L'œil doit être vif, le cuissot dodu. N'oubliez pas d'ôter le fiel, le gésier, le cœur qui généralement est gonflé d'espérances ministérielles indigestes, et les premiers duvets qui poussent généralement au cul des sortants des écoles nationales d'administration, avant de devenir ces magnifiques queues de paon qu'on peut admirer chez nous un peu partout de l'Élysée au Lido.) Vous allez me dire, monsieur le président : « On ne peut pas comparer Napoléon à Bokassa parce que Bokassa c'est un nègre. »

D'abord, monsieur le président, permettez-moi d'être quasiment choqué, estomaqué par cette réflexion venant d'un homme comme vous, nul, certes, mais bon, chaleureux, généreux et tolérant. Vous m'auriez dit « On ne peut pas comparer Napoléon à Bokassa parce que Napoléon c'est un Corse », là je dis bon, d'accord et je m'écrase, car le mot « Corse » n'est pas péjoratif. Encore que… De même qu'on dit aujourd'hui un non-voyant pour ne pas choquer la susceptibilité des aveugles, ou une non-bandante pour ne pas choquer la susceptibilité des boudins, on devrait créer un néologisme pour ne pas choquer la susceptibilité des Corses. On pourrait dire les « non-bossants », par exemple. C'est une simple question de délicatesse. Ainsi, moi qui vous parle, j'ai un beau-frère nain, cul-de-jatte, manchot, sourd-muet, con et pacifiste. Pour égayer sa vie, il suffirait que nous l'appelions le non-grandissant, non-gambadant, non-embrassant, non-entendant, non-jactant, non-comprenant et non-violent. Je dis « non-violent » parce que quand je lui balance mon poing dans la gueule, c'est rare qu'il me le rende.

Tout cela, répétons-le, est affaire de délicatesse. On ne dit plus un infirme, on dit un handicapé, on ne dit plus un vieux, on dit une personne du troisième âge. Pourquoi, alors, continue-t-on à dire « un jeune » et non pas « une personne du premier âge » ? Est-ce à dire que dans l'esprit des beaux messieurs bureaucratiques qui ont inventé ces merveilleux néologismes, la vieillesse est une période de la vie infamante au point qu'on ne peut plus l'appeler par son nom ? Est-ce que nous vivons au siècle de l'hypocrisie suprême ?

Il y a de plus en plus de vieux. Ils meurent de plus en plus seuls. On les retrouve souvent recroquevillés dans leur mansarde avec le crucifix sur le ventre et le squelette du chat à côté, morts depuis des semaines et des mois, si l'on en croit les gazettes. Ou alors ils moisissent et s'éteignent dans des mouroirs provinciaux bien proprets. Dans l'indifférence générale, car les jeunes ont le problème de la vignette moto, il faut vraiment les comprendre. Tout cela serait horrible, mais on dit « personne du troisième âge » au lieu de dire vieux et le problème est résolu. Il n'y a plus de pauvres vieux, mais de joyeux troisième-âgistes. Il n'y a plus de pauvres affamés sous-développés, mais de sémillants affamés en voie de développement. Il n'y a plus d'infirmes, mais de pimpants handicapés. Il n'y a plus de mongoliens mais de brillants trichromosomiques.

Françaises, Français, réjouissons-nous, nous vivons dans un siècle qui a résolu tous les vrais problèmes humains en appelant un chat un chien.

Donc Bokassa est aussi peu corse que Napoléon fut nègre. Au fait, sommes-nous sûrs de la non-négritude de Napoléon ? Réfléchissons : qu'est-ce qui différencie un Noir d'un Blanc à part la couleur de la peau et l'intelligence qui n'est pas la même chez Denise Fabre et Léopold Sédar Senghor ? La différence, la grande différence, c'est la morphologie génitale dont les meilleurs spécialistes s'accordent à affirmer qu'elle joue nettement en faveur du Noir en ce qui concerne les mensurations.

Bien. Je n'affirme pas que Napoléon soit un nègre. Simplement je pose la question : « À votre avis, qu'est-ce qu'il chatouillait du matin au soir sous son gilet ? »

Renée Saint-Cyr : Cette comédienne a tourné dans tellement de films avant, pendant et après la dernière guerre qu'on renonce à les citer. Si, un : *Les Deux Orphelines*. Elle a failli jouer les deux tellement elles se ressemblaient.

Réquisitoire contre Georges Guétary

10 avril 1981

Françaises, Français,
Belges, Belges,
Monsieur le président mon chien,
Troublante et pulpeuse soprane du barreau,
Monsieur le jovial roucouleur pyrénéen,
pouf pouf, roucouleur grec,
Mesdames et messieurs les jurés,
Public chéri, mon amour.

Que la cour, en son infinie bonté, veuille bien me pardonner ma plume, de plomb, et ma gueule, de bois. Vous avez devant vous, mesdames et messieurs les jurés, un homme en plein lendemain qui déchante. J'étais hier soir l'invité d'honneur d'une folle soirée dansante, certes, mais surtout buvante, qui se déroulait dans les locaux de la police judiciaire, salle des Innocents perdus, c'est une salle immense. C'était le premier festival annuel de la bavure. Qu'est-ce qu'on a rigolé ! Le ministre de l'Intérieur en personne était là. C'est lui qui a remis « le bavoir d'or 1981 » à l'inspecteur Bonniche, celui-là même qui arrêta Pierrot-le-Mou chez Régine et Pierrot-le-Dur chez Raquel Welch. À lui seul, l'inspecteur Bonniche a réussi à tuer cette année six enfants et deux chats lors de l'arrestation manquée de l'assassin de la pleine lune. L'assassin de la pleine lune appelé ainsi pour… des raisons que la morale réprouve, et qui est recherché depuis six mois par toutes les polices pour le double meurtre de la chèvre de monsieur Seguin. Mais, direz-vous, monsieur le président, vous qui êtes nul mais clairvoyant, comment cet imbécile peut-il parler de double meurtre alors qu'il n'y a qu'une seule chèvre ? Je ne me trouble pas, monsieur le président. Je réponds : n'est-ce point là la preuve flagrante que j'ai bien la gueule de bois ? « Occire six enfants et deux chats pour rater l'assassin d'une chèvre, aucune bête au monde ne l'aurait fait », a déclaré le ministre sous les applaudissements nourris des cinq cents plus belles peaux de vache de France. Les plus grands noms de la police étaient là : l'inspecteur Bing, de la brigade anti-bang, le commissaire Boum, de la brigade anti-gong, le brigadier-chef Lepetit, dit La Rousse illustrée à cause de ses nombreuses traces de vérole. L'inspecteur Edmond Cu, c'est du poulet, le commissaire Le Foc, de la brigade des morses, sans oublier l'ex-commissaire Bourrel, complètement Bourrel, qui continue de tirer au 11. 43 malgré sa maladie de Parkinson, et qui va sur ses 103 ans sans lâcher ni sa pipe ni sa foi dans le métier puisqu'il est toujours sur la piste de Jacques Mesrine.

À l'issue du banquet, le commissaire Froussard a pris la parole pour fustiger publiquement les détracteurs de notre police, concluant avec un brio littéraire inattendu chez un homme d'action plus prompt à dégainer son flingue qu'à tirer son coup, tôt. Pouf pouf ! Le commissaire Froussard a fustigé les détracteurs de la police puis, insistant sur le droit de la police à la bavure, il conclut sous les vivats : « On nous dit “Mort aux vaches” mais quand les vaches ont la fièvre aphteuse, on ne leur reproche pas de baver. Vive la bavure ! »

Cérémonie touchante, donc, mais moins touchante tout de même que ces retrouvailles avec Luis Mariani. Georges Gai-Taré, Georges Gai-Paris, pardon. Excusez-moi. J'ai toujours confondu Guétary et Mariano. Normal, il y en a un qui est grec et l'autre qui n'était pas grec mais… enfin bon. Au fait, qu'est-ce qu'il devient Mariano ? Mais relisons plutôt ces très belles pages des souvenirs de Maurice Genevoix, dans son livre inoubliable, *Ma Sologne, c'est pas de la merde* :

« Georges Guétary, c'est toute mon enfance. Je me rappelle encore, c'était avant les événements [il fait allusion à Sarajevo]. Dans la vieille cuisine basse aux murs noircis de fumée, grand-père bourrait sa pipe de bruyère au coin de l'âtre. Sur la toile cirée usée jusqu'à la trame, grand-mère avait posé le seau de fonte où moussait encore le lait de Normandie de la Noiraude.

» C'était l'heure douce et crépusculaire où, dans chaque ferme, les paysans bourrus et grumeleux s'apprêtaient à confectionner la spécialité solognote la plus recherchée des fins gourmets, j'ai nommé le yaourt bulgare, avec des vrais morceaux de braconnier entiers dedans. “Oh, le père, c'est l'heure du yaourt”, disait ma grand-mère.

» Alors grand-père se levait doucement, essuyait ses nœuds… ses doigts noueux comme des nœuds sur le pantalon de velours sombre qui en avait tant vu, sortait les petits pots de grès de l'armoire de chêne, les disposait sur la table, les remplissait du bon lait de la

Noireaude et tournait la manivelle du vieux gramophone sur la commode : alors la voix de Georges Guétary s'élevait vers Dieu comme un gargouillis pathétique de sanitaire libéré. Aussitôt, Pataud, notre vieux chien rhumatisant, se jetait par la fenêtre en hurlant, tandis que notre chat Fifi plongeait dans le feu plutôt que d'entendre la suite. Seule grand-mère restait impassible. Elle s'était défoncé les tympans au tisonnier une fois pour toutes, la première fois qu'elle avait entendu *La Route fleurie*. Avant même le premier refrain, les yaourts s'étaient faits tout seuls ! Il ne restait plus qu'à boucher les pots et à recoller le papier peint. »

Et l'auteur de *Raboliot*, qui, grâce à Jacques Chancel, est devenu peu avant sa mort presque aussi connu que Maître Capello, conclut sur cette note optimiste : « Quand on a entendu, ne serait-ce qu'une seule fois dans sa vie, la voix de Georges Guétary s'élever au-dessus des brumes de la plaine solognote, on comprend pourquoi les Russes n'ont jamais osé envahir la Sologne ! »

Merci à toi, Georges Guétary, merci à toi le Zorba du glouglou, toi dont l'organe aux accents troublants, repris de bouche en bouche par des millions de boudins transis, a plus fait pour l'extension de l'opérette en France que monsieur Latex pour l'extension de la capote outre-Manche. Georges Guétary, mesdames et messieurs les jurés, a mérité votre clémence. J'en demande pardon par avance à votre avocate pulpeuse et troublante, à qui, j'ôte le sein de la douche… le pain de la bouche, mais, je le répète, soyons cléments avec Georges Guétary. Pourquoi ? Pour deux raisons :

La première raison, c'est qu'à l'heure où je vous

parle il ne dit rien. Et, comme le disait si judicieusement le général de Gaulle après avoir assisté à la millième du *Chanteur de Mexico* au Châtelet : « Un chanteur d'opérette qui ferme sa gueule ne peut pas tout à fait être mauvais. »

La deuxième raison c'est que Georges Guétary aura été l'un des rares artistes français à exporter le génie musical de notre pays au-delà de nos frontières, jusqu'en Yougoslavie, où, je le lis dans le dossier de l'instruction, il reçut deux chèvres du directeur de l'opéra (en fait, c'était une chèvre pour lui et un bouc pour Mariano) pour sa prestation géniale dans *Le Baron tzigane*.

Ce que Georges Guétary n'avoue pas, à cause de sa grande modestie, c'est que c'est le maréchal Tito en personne qui lui a remis ces deux chèvres, pour le remercier en outre d'avoir composé l'hymne national yougoslave, le célèbre *Tito est partout* (le *Maréchal nous voilà* des Yougoslaves) *(chantant) :* « Tito Tito par-ci, Tito Tito par-là. »

Georges Guétary : Notre dernier chanteur d'opérette. « Vraiment le dernier ? » Oui. « Ouf... »

Réquisitoire contre Robert Charlebois

20 avril 1981

Françaises, Français,
Belges, Belges,
Mon président mon chien,
Ma maîtresse ma chienne,
Mon rocker chic récupéré aux immensités blanches,
Mesdames et messieurs les jurés,
Public chéri, mon amour.

Croyez bien que je le déplore, mais aujourd'hui, mon cher président, je ne saurais requérir contre quiconque, même pas contre ce golfeur renégat bien habillé. Je n'ai pas le cœur à réclamer la mort d'un homme parce que, tenez-vous bien, vous allez rire : je vais mourir. C'est pourquoi, au lieu d'exiger la vie d'autrui, je préférerais pleurnicher sur la mienne. Je vais mourir ces jours-ci. Il y a des signes qui ne trompent pas.

Premièrement, quand je fais ça j'ai mal ici (figure 1) et quand j'appuie là ça m'élance d'ici à là (ouille, figure 2).

Deuxièmement, le docteur est venu hier. En m'auscultant il a dit : « Oulalalala ! Mon pauv' vieux. »

Troisièmement, j'ai Jupiter dans le Poisson.

Quatrièmement, ma femme chante plus fort dans la cuisine.

Sur le plan purement clinique, le signe irréfutable de ma fin prochaine m'est apparu hier à table : je n'ai pas eu envie de mon verre de vin. Rien qu'à la vue de la liqueur rouge sombre aux reflets métalliques, mon cœur s'est soulevé. C'était pourtant un grand saint-émilion, un château Figeac 1971, c'est-à-dire l'une des plus importantes créations du génie humain depuis l'invention du cinéma par les frères Lumière en 1895. J'ai soulevé mon verre, j'ai pointé le nez dedans, et j'ai fait : « Beurk. » Pire : comme j'avais grand-soif, je me suis servi un verre d'eau. Il s'agit de ce liquide transparent qui sort des robinets et dont on se sert pour se laver. Je n'en avais encore jamais vu dans un verre. On se demande ce qu'ils mettent dedans : ça sent l'oxygène et l'hydrogène. Mais enfin bon j'en ai bu. C'est donc la fin.

C'est horrible : partir comme ça, à mon âge, sans avoir vécu la Troisième Guerre mondiale avec ma chère femme et mes chers enfants courant nus sous les bombes ! Mourir sans savoir qui va gagner : Poulidor ou Hinault ? Saint-Étienne ou Sochaux ? Les cons de la Nièvre ou les cons d'Auvergne ? Les gros rouges ou les petits Polaks ?

Mourir sans avoir jamais rien compris à la finalité de l'homme ! Mourir avec au cœur l'immense question restée sans réponse : si Dieu existe, pourquoi les deux tiers des enfants du monde sont-ils affamés ? Pourquoi la Terre est-elle en permanence à feu et à sang ? Pourquoi vivons-nous avec au ventre la peur incessante de l'holocauste atomique suprême ? Pourquoi mon magnétoscope est-il en panne ? Je ne sais pas ce qu'il a, quand on appuie sur « lecture », ça marche. Mais au bout de dix secondes « clic », ça se relève tout seul. Alors bon, j'appuie sur le bouton « retour rapide ». La bande se recale au début. Je rappuie sur « lecture ». Et là, ça marche ! !

Pourquoi, pourquoi, pourquoi ? Qui sommes-nous ? Où allons-nous ? D'où venons-nous ? Quand est-ce qu'on mange ? Seul Woody Allen, qui cache pudiquement sous des dehors comiques un réel tempérament de rigolo, a su répondre à ces angoissantes questions de la condition humaine, et sa réponse est malheureusement négative : « Non seulement Dieu n'existe pas, mais essayez de trouver un plombier pendant le week-end. »

J'en vois qui sourient. C'est qu'ils ne savent pas reconnaître l'authentique désespérance qui se cache sous les pirouettes verbales. Vous connaissez de vraies bonnes raisons de rire, vous ? Vous ne voyez donc pas ce qui se passe autour de vous ? Si encore la plus petite lueur d'espoir nous était offerte ! Mais non : c'est chaque fois la même chose : j'appuie sur le bouton « lecture ». Ça marche, mais au bout de dix secondes « clic », ça se relève tout seul ! Alors bon, j'appuie sur le bouton « retour rapide ». Ça se recale au début. Je rappuie sur « lecture », et là, ça marche ! Pourquoi ? Pourquoi ? Pourquoi ? Comme le disait judicieusement Éva Darlan l'autre jour, alors que nous tentions de travailler ensemble : « Si ça se relève chaque fois que tu appuies sur le bouton, on n'est pas sortis de l'auberge. »

Je ne voudrais pas trop parler d'Éva, afin de ne pas aiguiser plus encore la jalousie du président qui est amoureux de moi lui aussi, mais tout de même, quelle extraordinaire comédienne !

Même dans un téléfilm aussi… aussi rude que *Médecin de nuit* (Pimpon ! Pimpon !) :

« Allô ? Léone ?

– Allô ? Jean-Edern ? Ici Léone ! C'est une émanation radioactive ! Hi ! Hi ! Hi ! Vas-y vite, mon lapin ! »

Eh bien, même dans un film aussi rude, Éva Darlan ne perd rien de ce qui fait la différence entre la femme et le géranium : « son exquise féminité », à condition, bien sûr, qu'il s'agisse d'un géranium mâle. Des millions de Français ont vu ce *Médecin de nuit* radioactif où notre chère Éva était si belle dans sa combinaison blanche d'ingénieur atomique qu'on se demandait si c'était de Gaulle visitant Saclay ou une capote anglaise avec des pattes !

Vous allez me dire : D'accord, mais comment reconnaître un géranium mâle d'un géranium femelle ? C'est bien simple. Quand arrive la saison des amours vers la fin avril, début mai, chez les géraniums, tu coupes la queue, ça te fait un petit géranium, alors que chez les Ravel, tu coupes les manches, ça te fait un petit boléro. Si le géranium pousse un long cri strident au moment où on lui coupe la queue, c'est un mâle. Quant à Ravel, il est mort en plaquant un *fa* sans avoir connu les accords de Munich, alors que Tchaïkovski est mort en plaquant sa femme sans avoir connu les accords de *fa*.

Enfin, bien que je l'aie déjà dit lors d'un cours de stratégie appliquée que j'ai eu l'honneur de donner aux enfants de troupe surdoués du Prytanée militaire de La Flèche, il existe un moyen simple et efficace de reconnaître l'ennemi d'un géranium, même quand l'ennemi utilise les techniques les plus modernes du camouflage. En effet, il arrive très souvent, lors de l'assaut, que le militaire moyen, aveuglé de patriotisme et boursouflé de vinasse, ne sache pas très bien si c'est l'ennemi ou le géranium qui lui fait face – c'est pourtant simple : alors que le géranium est à nos fenêtres, l'ennemi est à nos portes ! Maréchal, nous voilà !...

Avant de mourir, je voudrais remercier tout particulièrement la municipalité de Pantin, où je suis né, place Jean-Baptiste-Vaquette-de-Gribeauval. Et comme je suis né gratuitement, je préviens aimablement les corbeaux noirs en casquette de chez Roblot et compagnie que je tiens à mourir également sans verser un kopeck. Écoutez-moi bien, vampires nécrophages de France : vendre des boîtes en chêne, guillotiner les fleurs pour en faire des couronnes, faire semblant d'être triste avec des tronches de faux culs, bousculer le chagrin des autres en leur exhibant des catalogues cadavériques, gagner sa vie sur la mort de son prochain, c'est un des métiers les moins touchés par le chômage dans notre beau pays. Mais moi, je vous préviens, croque-morts de France : mon cadavre sera piégé. Le premier qui me touche, je lui saute à la gueule !

Et si l'on mettait tout le monde dans la fosse commune et si l'on donnait aux pauvres l'argent des cercueils et des rites funèbres ? Est-ce qu'on n'aurait pas fait un petit pas de plus vers moins de connerie universelle ? Est-ce qu'on ne pourrait pas au moins être tous égaux devant la mort ? Est-ce que je vais continuer longtemps à me prendre au sérieux en jouant les démagos de cimetière ?

Donc cet homme est coupable. Mais ne vous en faites pas, Charlebois : la guillotine, c'est pas le bagne.

Robert Charlebois : Fils naturel de Félix Leclerc et de Gilles Vigneault, ce chanteur-compositeur canadien et de génie n'a aucun lien de quelque nature que ce soit avec les pizzaiolos québécois qui ont transformé *Notre-Dame de Paris* en pudding à la guimauve.

Réquisitoire contre Jean-Michel Ribes

27 avril 1981

Françaises, Français,
Belges, Belges,
Mon président mon chien,
Ma maîtresse ma chienne,
Monsieur le détourneur de moyens de transports bien parisiens,
Mesdames et messieurs les jurés,
Public chéri, mon amour.

« Let us be damned, we have burnt a sainte » (Soyons maudits, nous avons brûlé une sainte), s'écria le gouverneur anglais de Rouen en voyant l'âme de Jeanne d'Arc s'élever doucement au-dessus du bûcher et monter directement vers Dieu sans changer à Réaumur-Sébastopol !

Eh bien, mesdames et messieurs les jurés, cinq cent cinquante ans plus tard, nous n'allons pas brûler une sainte, mais nous allons guillotiner un pionnier.

Car Jean-Michel Ribes est un authentique pionnier, mesdames et messieurs les jurés. Voilà un homme qui n'a pas soixante-cinq ans, et qui a déjà plus fait pour la connaissance du théâtre contemporain que Rika Zaraï pour la promotion du boudin oriental.

Ici, je voudrais un instant faire un bref retour sur

moi-même. Non pas que je sois réellement égocentrique, encore que, c'est horrible mais quand je ne parle pas de moi, j'ai l'impression que je ne suis pas là, c'est extrêmement pénible.

Bien. En ce qui me concerne moi-même en tant que moi par rapport à moi-même, je dirais que c'est au théâtre que je dois la fraîcheur éclatante de mon teint scandinave. Dans les pires moments de ma vie, et Dieu sait qu'il y en a eu : j'ai vu mourir des amis, j'ai vu souffrir des enfants, j'ai connu la douleur insoutenable de l'amour finissant qui vous écartèle le cœur, j'ai même été abonné au *Monde* ! Eh bien, dans ces pires moments de l'existence, quand plus rien ne semble vouloir vous raccrocher aux branches de la vie, il reste tout de même deux petites lueurs d'espoir au cœur de l'homme : le théâtre, qui libère l'imagination, et Dieu, qui, par sa présence invisible, nous permet d'être à l'aise tous les jours du mois. (J'ai peut-être poussé le bouchon un peu loin, non ?)

Quoi qu'il en soit et nonobstant la conjoncture, comme disait monsieur Bovary, n'ayons pas peur d'Emma. Jean-Michel Ribes est un pionnier.

Certes les pionniers ont des chaînes. Mais ça ne les empêche pas d'engrosser les auditrices, puisqu'on compte au moins deux enceintes, acoustiques, pour une chaîne de pionnier ! Mais réfléchissons un peu. Prends ta tête à deux mains, mon cousin.

Qu'est-ce qu'un pionnier ? Baden-Powell fut un pionnier. (Je parle du fondateur du scoutisme, pas de l'accordéoniste.)

Baden-Powell fut un pionnier. Car il lui fallut en briser des tabous, et en balayer des chicanes, au beau milieu du règne austère de Victoria, pour oser affronter le puritanisme d'État instauré par la souveraine et mettre sur pied cette institution, pour nous les jeunes, youkaïdi youkaïda !

La première entrevue entre Victoria et Baden-Powell eut lieu à Buckingham le 6 novembre 1896. Diminuée, à demi impotente, la reine méditait, tassée dans son vieux fauteuil Charles II, les genoux sous un plaid, près de la grande cheminée en pierre de tuffeau que le roi Richard ramena jadis de Touraine et qu'on peut voir aujourd'hui encore dans le petit salon rose, au premier étage du palais royal de Buckingham. Le baron Robert Baden-Powell venait d'avoir 39 ans. Il avait été nommé général de l'empire britannique deux ans plus tôt. Il était grand, beau, fort, sûr de lui, et les talons de ses bottes de cuir claquaient sec sur les dalles de pierre du couloir dont les voûtes sombres renvoyaient l'écho limpide aux quatre vents du palais.

D'un geste prompt et autoritaire, Baden-Powell écarta le hallebardier colossal et frappa lui-même à la porte de chêne de l'appartement privé de la reine.

BADEN-POWELL : Toc ! Toc ! Toc !
VICTORIA : Qui c'est ?
BADEN-POWELL : C'est l'pionnier !
VICTORIA : Qui c'est ?
BADEN-POWELL : C'est l'pionnier !
VICTORIA : Qui c'est ?
BADEN-POWELL *(chantant)* : C'est l'pionnier ! C'est l'pionnier ! C'est l'pionnier !
VICTORIA : Come in ! Argh ! Damned ! It's you Robert ! ? What a foot ! Kof ! Kof ! Kof !
BADEN-POWELL : You said it, bouffie ! Well, God

bless your gracious majesty ! But you said : « Kof ! Kof ! », are you enrhumed ?
VICTORIA : No, Robert. It is le nouveau souffle de France Inter. Écoutez la différence : « Kof ! Kof ! Kof ! »

C'est lors de cette entrevue historique que fut décidée la création du scoutisme qui, aujourd'hui encore, permet aux enfants d'entrer dans l'armée dès la fin de la maternelle, de s'habiller en kaki, de saluer le drapeau et de chanter des conneries en marchant au pas, sans avoir à attendre l'âge canonique de 19 ans et demi où on n'a plus grand-chose à espérer de la vie depuis que les guerres coloniales sont tombées en désuétude. Entendez-moi bien : je ne voudrais pas déformer les souvenirs de Baden-Powell. Son intention, il l'a clairement exprimée dans son livre : *Toi, cher garçon* (en anglais : « You Guy dear, you Guy da »).

Je cite : « Mon but n'était pas d'embrigader les enfants pour en faire des soldats avant l'âge. Ce qui me fascinait, c'était d'avoir autour de moi des petits garçons en culotte courte avec un grand bâton. Pour quoi faire, le grand bâton ? C'est un excellent bâton, je vous remercie de me l'avoir posé ! Youkaïdi, Youkaïda ! »

Donc Baden-Powell, à l'instar de Jean-Michel Ribes, était un pionnier. « Les pionniers sont rédhibitoires », disait Jean-Paul Sartre qui ne mâchait pas ses mots, quand Momone lui planquait son dentier.

« Les pionniers sont rédhibitoires » ? Le mot est dur. Ce n'est pas par hasard si, dans « raidi-bitoire », il y a « raidi », et il y a « bitoire ». C'est très dur à porter.

Le suffixe « raidi » vient de l'anglais « ready », qui veut dire « toujours prêt » (quelle coïncidence, n'est-il pas ?), et du vieux mot français « bitoire », qui désignait les femmes qui actionnaient les passages à niveau aux temps héroïques des trains à vapeur. Les premières bitoires étaient fort gaies et travaillaient en chantonnant les refrains à la mode que les voyageurs avaient tout le loisir de reprendre en chœur, tant les trains roulaient lentement à cette époque.

Maupassant lui-même a célébré les bitoires dans *La Maison Tellier*, où il décrit si joliment le voyage en chemin de fer de ces dames : « Quand nous arrivons à 11 heures en gare de Saint-Évry, une accorte bitoire appuyée sur son râteau nous accueille avec force baisers. L'air est limpide et le ciel bleu. Jean est là, avec l'antique carriole à cheval. Ces dames s'entassent dans la voiture. Il dit : “Hue dia, ma belle.” Et la bitoire en chantant nous ouvre la barrière. »

Quant à Baden-Powell, il mourut en 1941 des suites d'une blennorragie compliquée, contractée lors d'une chasse à l'éléphant salace, en forêt du Bengale. Avant de mourir, il eut la force de retourner à Londres pour saluer une dernière fois la reine Victoria, qui allait sur ses 142 ans.

BADEN-POWELL : Toc ! Toc ! Toc !
VICTORIA : Qui c'est ?
BADEN-POWELL : C'est l'plombé !
VICTORIA : Qui c'est ?
BADEN-POWELL : C'est l'plombé.

Qu'on lui coupe la tête !

Jean-Michel Ribes : Figure du théâtre de gauche assez adroite pour ne pas choquer les spectateurs centristes.

Réquisitoire contre Henri Pescarolo

6 mai 1981

Françaises, Français,
Belges, Belges,
Mon président mon chien,
Monsieur le ténor du fado,
Monsieur le journaliste vroum-vroum,
Monsieur le chanteur de cheval,
Monsieur l'écraseur de nos champignonnières françaises,
Mesdames et messieurs les jurés,
Public chéri, mon amour.

« Un bon sportif est un sportif mort. »

Je dis cela d'entrée de jeu, monsieur Pescarolo, afin qu'il n'y ait pas d'équivoque entre le ministère public et vous.

N'étant pas foncièrement sadique de nature, j'aurais préféré que l'on vous guillotinât avant votre procès, afin de vous épargner la honte du déballage de vos ignominies chafouines, déballage auquel je vais procéder maintenant.

Vous êtes un dangereux exalté mycophobe, monsieur Pescarolo !

Je le précise à l'intention des nuls et des non-entravants qui nous écoutent par milliers, la « mycophobie » est une tare congénitale indélébile qui pousse irrésistiblement ceux qui en sont atteints à détruire par la force des champignons français innocents.

Dans « mycophobe », il y a « phobe », qui veut dire phobe, et « mycoss » qui veut dire champignon : Exemple, extrait de l'*Iliade*, de Jean-Edern Homère : « Pénélope partit de bonne heure chercher les mycoss dans la forêt de Fontainebloss. Il avait beaucoup plu, il y en avait partout, des myco par-ci, des myco par-là, myco, myco par-ci, myco, myco par-là... *(chanté)* »

En effet les deux racines du mot « mycophobe » appartiennent à l'antique langue hellénique : « phobe » vient du grec, « myco » vient du grec, et si ma sœur est enceinte, ça vient encore du Grec, ce salaud, je vais y casser la gueule.

Je prie la cour de bien vouloir excuser mon emportement. Toutes les femmes sont des salopes, ma sœur est une sainte. Je ne supporte pas qu'on touche à un poil de la main de ma sœur. Surtout un Grec. Dieu a créé les Grecs pour qu'ils soient pédés, c'est dans l'ordre des choses. Si les Grecs se mettent à être maquereaux, c'est le bordel. Il est là, le danger : un pays qui commence à laisser les Grecs embrasser ses filles est mûr pour le communisme. Derrière chaque Grec qui rit se cache un Russe qui ricane et qui est prêt à venir jusque dans nos bras égorger nos filles et nos compagnes ! D'ailleurs, « Pescarolo », est-ce que ça ne vient pas du grec ? « Pescarolos », ça ne vous dit rien ? Chers amis étudiants qui m'écoutez, vous qui n'avez pas eu la chance de connaître une enfance malheureuse, vous qui avez dû apprendre le grec jour après jour jusqu'à 18 ans, tandis que Villers et les Chaussettes Noires se défonçaient au golf Drouot et que Rego confectionnait fébrilement des confettis portugais pour la Saint-Salazar. Vous savez, vous, que « pescarolos », en grec, signifie non pas l'écraseur de champignon, mais l'écraseur de salade, ce qui est presque aussi grave : dans pé-scarolo, il y a « pet », qui veut dire prout, et « scarolo », qui veut dire laitue – pet-scarolo : celui qui écrase… des laitues.

« Un bon sportif est un sportif mort. »

Certes, elles sont dures ces paroles de Pierre de Coubertin. Dures mais justes. Mais regardons-y de plus près : quelle différence y a-t-il entre l'homme, d'une part, et le sportif, d'autre part ?

Une enquête très sérieuse sur ce thème a été commandée récemment par le ministre de la Jeunesse et des Sports, monsieur Jean-Baptiste Vaquette de Gribeauv… Allez-les-Verts, à l'IFOB (l'Institut français d'opinion biblique), dont l'activité est le plus souvent axée, comme son nom l'indique, sur les sondages… sur le sexe, mais qui s'occupe également des autres activités sportives.

Il ressort de cette enquête que le QI moyen d'un sportif, à champignon ou à pédale, est comparable à celui de l'autruche moyenne, très sportive elle-même puisqu'elle court le 110 mètres haies en 14"2 avec le handicap considérable d'avoir une plume dans le cul, alors que Guy Drut, par exemple, a toujours pris soin de débrancher la sienne avant chaque compétition.

Le quotient intellectuel de l'autruche a pu être observé quantitativement lors d'expériences d'une extrême rigueur scientifique entreprises dans le désert de Zobi, par les chercheurs du CNRS (CNRS : Centre National de la Recherche Surlesautruches).

Dans un premier temps, on a fait faire le tour du

désert en quinze étapes par cent cinquante autruches. L'autruche vainqueur, interviewée dès son arrivée, a déclaré, je cite : « Baaa... ta, catacatatacata. » Alors que si l'on interviewe un sportif, un coureur cycliste, à l'issue d'une course, il déclarera : « Ben, j'suis content, content, co ta, cota cotacotacota... »

On peut déjà en déduire qu'il existe une certaine parenté de pensée entre l'autruche et le coureur cycliste, parenté renforcée encore par le fait que l'un comme l'autre s'arrachent les poils des pattes pour faire joli. Entre l'autruche et le footballeur, le rapprochement est encore plus flagrant : la danse d'amour, par exemple, est presque la même. Exemple : mettons vingt-deux autruches dans le désert de Zobi. Donnons-leur une noix de coco. Aussitôt, les autruches se divisent en deux camps de onze et se mettent à courir comme des cons dans tous les sens pour pouvoir taper dans la noix de coco. Quand une autruche arrive à envoyer la noix de coco entre deux cactus, c'est le signe de l'amour. Les autruches commencent par sauter sur place puis elles se filent des grands coups d'ailes dans le dos et s'embrassent goulûment. L'instant d'après, c'est la copulation qui assurera la survie de l'espèce autruchienne. Les footballeurs font exactement la même chose, mais leur quotient intellectuel étant légèrement inférieur à celui de l'autruche, ils sont incapables de sortir leur sexe au moment de l'embrassade générale. Alors ils recommencent à taper dans le ballon, jusqu'à épuisement complet. C'est pourquoi les footballeurs ne se reproduisent pas, ils shootent : c'est la femme de l'A. S. Saint-Étienne qui me l'a dit.

Je dois dire à votre furoncle, Henri, pardon... je dois

dire à votre clou… à votre semence… à votre décharge, Henri Pescarolo, que les femelles des coureurs automobiles ont moins de raisons de se plaindre. J'ai eu récemment l'honneur de déjeuner avec la vôtre, qui prépare entre parenthèses un livre fort complet sur les dessous féminins. Et… je ne dis pas qu'elle m'a fait des confidences sur votre vie privée à tous les deux, loin de là. Non mais… simplement… enfin, elle avait une façon de tenir son pâté impérial en parlant de vous qui en disait long sur votre amour.

« Un bon sportif est un sportif mort. »

Donc Henri Pescarolo est coupable.

Qu'on lui coupe la tête de delco.

Henri Pescarolo : Ce coureur automobile invétéré s'est habilement fabriqué une élocution lente pour compenser ses excès de vitesse.

Réquisitoire contre Georges-Jean Arnaud

14 mai 1981

Françaises, Français, camarades, camarades,
Belges, Belges, Lichtintaines et Lichtintins,
Zimbabouines, Zimbabouins,
Portoricaines, Portoricains,
Porto minable,
Porto rouge, porto blanc, porta droite, porta gauche ?
Mon président mon chien, ma petite Charlotte,
Serre Zorge-Jean… Cher Georges-Jean (vous ne pouvez pas vous appeler François comme tout le monde ?),
Mesdames et messieurs les jurés,
Public chéri, mon amour.

Je ne suis pas venu ici, aujourd'hui, là, maintenant, tout de suite, présentement, nonobstant la conjoncture et en vertu des pouvoirs qui me sont conférés, alors que le temps qui m'est imparti touche à sa femme, tandis que Rego touche à la mienne. Ne nie pas, Luis, depuis que je t'ai présenté ma femme, elle ne veut plus faire ça qu'ensablée, et à la maison, ça pue la morue jusque dans le cœur des frites… Où en étais-je ? Une fois de plus, j'ai été interrompu par moi-même. Écoutez, Desproges, je ne vous ai pas interrompu, alors je vous en prie !

Je ne suis pas venu aujourd'hui, disé-je, pour parler

de Georges-Jean Arnaud. Le destin de Georges-Jean Arnaud m'indiffère autant que les ébats sexuels de Marguerite Duras dans les semi-remorques à Rungis. Et d'abord, Françaises, Français, Lichtintaines et Lichtintins, qui connaît Georges-Jean Arnaud en dehors de ses trois millions de lecteurs ? Personne, absolument personne. J'eg-ja-jère, Jean, Georges-Jean ? Georges-Jean, j'egjagère ? Eche que j'egjagère, Georges-Jean ? Non, chertes, ch'est chûr ! j'egjagère pas. (Vous devriez vraiment vous appeler François.)

Voulez-vous une preuve rapport au plan du niveau du fait que personne ne connaît Georges-Jean Arnaud ? Je me trouvais l'autre jour dans la salle des archives littéraires de la seconde moitié du XVIe siècle de la Bibliothèque nationale de Paris. Qui vois-je absorbé dans la lecture de la première édition des *Essais* de Montaigne (celle de 1580, évidemment) ? Poulidor ! En sept ans il a beaucoup changé !

« Salut, Pipi », lui fous-je.

Pouf pouf.

« Salut, Poupou ! lui fis-je. Ôte-moi d'un doute. Connais-tu Georges-Jean Arnaud ?

– Non, mais j'espère faire mieux la prochaine fois », répondout Pipi, répondit Poupou.

Donc, personne ne sait qui est Georges-Jean Arnaud. Raison de plus pour lui couper la tête : personne n'ira le réclamer aux objets trouvés s'il disparaît. D'ailleurs, personne n'est irremplaçable, même Giscard, même Mitterrand (vivement l'alternance !).

Je ne suis pas venu aujourd'hui pour parler de Georges-Jean Arnaud. Non. Abordons plutôt ensemble, mesdames et messieurs les jurés, et vous aussi, chers camarades, abordons plutôt ensemble un sujet plus important, plus actuel, plus tangible. Comme vous le voyez, mesdames et messieurs les jurés (et croyez bien que je regrette infiniment que nos millions d'auditeurs ne puissent pas le constater eux aussi, hélas !). Comme vous le voyez, dis-je, je me suis fait couper les cheveux.

Oh, ne souriez pas, monsieur Villers ! Je connais votre égoïsme. Vos petits problèmes personnels, votre loto, votre tiercé, ça, oui, ça vous intéresse. Mais que je me sois fait couper les cheveux ou pas, vous vous en foutez ! Elle est belle la France ! Je me suis fait couper les cheveux, et si j'en parle, c'est parce que cette coupe de cheveux s'est déroulée dans un contexte tout à fait inhabituel, pour ne pas dire exceptionnel.

En effet, mesdames et messieurs les jurés, c'est à peine croyable, le nouveau coiffeur que j'ai trouvé m'a coupé les cheveux sans me parler ! Et ça, comme disait Saint-Exupéry, qui avait oublié d'être con, sinon il n'aurait pas été canonisé, comme disait Saint-Exupéry : « Couper les cheveux sans causer, aucun coiffeur au monde ne l'aurait fait. »

Merci à toi, ô gentil capilliculteur frappé de mutisme. Merci à toi ! Merci de ne pas m'avoir fait part de ton analyse des résultats de l'élection présidentielle ! Merci de ne pas m'avoir communiqué ta crainte d'une recrudescence de la délinquance juvénile en milieu urbain ! Merci, coiffeur, de ne pas m'avoir fait partager ton opinion sur la disparition des saisons ! Merci de ne pas m'avoir contraint à débattre avec toi de l'opportunité de remplacer les travailleurs maghrébins par des fainéants français derrière les bennes à ordures citadines ! Merci de ne pas m'avoir contraint à évaluer le pourcentage d'étrangers dans les hôpitaux de l'Assistance publique. Merci, coiffeur ! C'est déjà pas marrant de se faire tripoter le crâne par quelqu'un qui n'est pas nécessairement de votre milieu, mais qu'on ne nous demande pas de surcroît de servir de réceptacle aux états d'âme capillicoles ! (« Capillicole », du latin « capilaris », le cheveu, et « licol », qui vient de l'arabe « licol » : l'ossature. Exemple : « li col du fémur ».) Oui, je parle couramment l'arabe littéraire. Je l'ai appris avec une jeune Libanaise qui est complètement folle de mon corps. C'est une fille d'une sensualité extraordinaire, une chrétienne libanaise, avec un prénom chrétien, Nadine, et un nom arabe, comme tous ces gens-là : Nadine Zobi. Une affaire.

La seule corporation qui puisse tenir tête aux coiffeurs sur le plan de l'incontinence verbale, c'est celle des taxis. Il y a deux sortes de taxis à Paris : les racistes et les bougnoules. Quand j'emploie le mot « raciste », j'étends évidemment ce terme à toutes les formes de rejets hystériques de l'autre, l'autre pouvant être aussi bien le juif, l'homosexuel, le chevelu, le Noir, le jeune, le vieux, le 78, et bien sûr la femme. À ce propos, je ne résiste pas au plaisir de vous narrer ce bout de promenade en taxi que Louis Rego et moi vécûmes ensemble il y a quelques jours. Le chauffeur était une forte femme bien proprette d'une quarantaine d'années. Près de la place de la Concorde, une petite Fiat pilotée par une jolie bourgeoise (on a le droit de dire que les bourgeoises sont jolies avec Mitterrand ?). Enfin, une jolie bourgeoise un peu distraite nous fit une toute petite queue de tout petit poisson.

Aussitôt, notre conductrice entra dans une colère apocalyptique, et tout en poursuivant la fautive dans l'espoir vain de la faire chuter dans la Seine, elle nous fit juges, Luis et moi, de sa désapprobation catégorique, tout en baissant violemment sa vitre afin que la coupable n'en manquât pas une miette.

« Va donc, eh connasse, dit cette dame. Non, mais vous avez vu cette connasse ! Ça va pas la tête, eh connasse ! Ah, dis don', a s'croyent tout permis ces connasses avec leur MLF ! Non, mais c'est pas des conneries, depuis qu'elles sont libérées, elles ont perdu leur féminité ces connasses ! »

Et la dame conclut, comme pour nous achever :

« Et je sais de quoi que j'cause, ça fait quinze ans que je vis avec une bonne femme. »

Donc Georges-Jean egjagère. Je pense que ce serait une bonne idée qu'on lui coupe la tête. C'est peut-être un peu dur, Georges-Jean, c'est peut-être même un peu hâtif comme jugement, mais excusez-moi en ce moment je n'ai plus goût à rien. Ce n'est pas tant l'avènement de François Mitterrand qui me pèse au cœur, c'est la démission du général de Boissieu !

Georges-Jean Arnaud: Demandez aux gens dans la rue s'ils connaissent Georges-Jean Arnaud. Personne ne vous dira que c'est l'auteur du *Salaire de la peur*. D'ailleurs, ce n'est pas lui.

Réquisitoire contre Frédéric Mitterrand

15 mai 1981

Françaises, Français,
Belges, Belges,
Mon président mon chien,
Monsieur le ténor du fado,
Mon cher Mitterrand (vous permettez que je vous appelle Mitterrand ?),
Mesdames et messieurs les jurés tirés au sort,
Public chéri, mon amour.

Alors, comme ça, Mitterrand, vous secouez vos vieilles pellicules dans le noir ? Sacré Mitterrand ! Je signale aux auditeurs qui prendraient l'émission en cours que c'est Mitterrand que nous allons condamner à mort ensemble aujourd'hui. Pas n'importe quel Mitterrand. Pas Albert Mitterrand : Mitterrand lui-même. Le Mitterrand. Sacré Mitterrand. Je lis, et croyez bien, mesdames et messieurs les jurés, que ma stupeur n'est pas feinte, je lis que la cour présidée par monsieur Villers accuse Mitterrand d'incitation au passéisme ! Enfin, Claude, soyons logiques, soyons sérieux, comment un homme nouveau comme Mitterrand pourrait-il inciter les Français au passéisme ?

Que vous trouviez Mitterrand antipathique, monsieur Villers, c'est votre problème. En revanche, nous le savons, et pas seulement de Marseille, les sympathies ou les antipathies personnelles des magistrats d'un tribunal ne sauraient en aucun cas entrer en ligne de compte lorsqu'il s'agit de juger un homme en son âme et conscience. C'est la sérénité de la justice qui est en cause, et cela aussi, nous le savons, et pas seulement aux huiles d'amandes douces, grâce auxquelles Mitterrand a su conserver depuis le début de la Quatrième République la fraîcheur éclatante de son teint de jeune fille.

Quand Pierre Mendès France gouvernait la France en assumant conjointement la décolonisation extrême-orientale et l'hyper-lactation des cours préparatoires, que faisait Mitterrand ? Il faisait encore pipi au lit !

Plus tard, quand de Gaulle est arrivé au pouvoir, porté par une incroyable ferveur populaire et soutenu par les grossistes en merguez d'outre-Méditerranée, que faisait Mitterrand ?

Mitterrand, en 1958 – je le précise à l'intention des auditeurs qui prendraient cette émission du *Tribunal des Flagrants Délires* en cours : c'est bien Mitterrand que nous jugeons aujourd'hui. Pas Alphonse Mitterrand. Mitterrand. Le Mitterrand. Sacré Mitterrand.

Mitterrand, disé-je, en 1958, avait à peine entamé sa puberté. Plus il était dans les choux, plus il s'obstinait à croire que la vie naissait dans les roses ! Et puis, il découvrait ses mains, s'agitant de la droite et lisant *Union* de la gauche…

Enfin bon, je ne m'avancerai pas plus avant sur ce terrain glissant, et je ne suivrai pas plus longtemps le président Villers dans cette affaire. Les auditeurs ne sont pas dupes, monsieur Villers. Vous avez convié monsieur Mitterrand à participer à cette émission sous couvert de parler de la crise du cinéma, mais là n'était pas votre vrai propos, monsieur Villers. Vous avez invité Mitterrand uniquement pour vous foutre de sa gueule. Et ça, mon petit Claude, c'est indigne. C'est dégueulasse. Mitterrand est un homme simple et naïf. C'est un peu... la Mère Denis de la cinéphilie. Du moment qu'on le laisse tranquillement zieuter ses vieilles pelloches rayées dans le noir, c'est un être inoffensif. Comme disait Yvonne de Gaulle en regardant son mari s'envoler pour Londres en juin 40 : « Pendant qu'y fait ça, il est pas au bistrot. »

Et puis, quoi, soyons charitables avec Frédéric Mitterrand. (Je le dis pour ceux qui prennent l'émission en cours : c'est Frédéric Mitterrand.) Ce qui va arriver dimanche dernier à son tonton François, personne n'oserait le souhaiter à son pire ennemi. Pauvre vieux François !

Enfin, l'important est que cette putain de campagne électorale soit enfin terminée. Quand on pense que près de 80 % des comédiens sont au chômage, et que pendant des semaines on nous a imposé, à l'heure de la plus grande écoute télévisée, le spectacle affligeant de clowns au noir et de gugusses non déclarés, on ne peut que se réjouir que tout soit fini.

Enfin, tout ce cirque n'a pas été vain, puisque ce nouveau septennat s'annonce prometteur ; cette fois, c'est sûr : la peur nucléaire n'est plus qu'un mauvais souvenir, le budget de l'armée est transféré à la recherche sur le cancer, et les millions de petits bébés qui crèvent de faim comme des chiens dans le monde entier sont quasiment sauvés.

Ce n'est plus la France au fond des yeux : c'est la France au fond du couloir à droite !

Personnellement, le seul moment où j'ai vraiment vibré, pendant cette campagne présidentielle, ce fut le 5 mai à 20 heures 20, lorsque eut lieu sur les trois chaînes simultanément l'ultime débat opposant les deux seuls survivants de la bataille historique opposant la vieille droite pourrie à la vieille gauche pas fraîche. Sur les TROIS chaînes ! Y z-auraient pu au moins nous mettre les interdits de Coluche sur la 3, puisque personne n'aurait regardé !

Ce qui m'est apparu superbe, magnifique et bouleversant dans cet ultime débat historique du 5 mai 1981, c'est qu'il a été tourné dans le studio 101 de la Maison de la Radio. Mon immense modestie et l'incommensurabilité de mon humilité congénitale m'empêcheront-elles de l'avouer ? Non : le studio 101... c'est ce même studio 101 où j'ai osé faire mes débuts à la télé, il y a cinq ans, grâce à un maître bourré d'humour cinglant et d'agressivité joviale trop tôt disparu, hélas ! On pense qu'il s'est noyé dans un océan de zitronade. L'émission s'appelait *Le Petit Rapporteur*. Or, la semaine dernière, j'ai donc revu ce même studio 101, avec son décor disposé un peu de la même façon qu'il y a cinq ans, avec les mêmes fauteuils. Et quelle ne fut pas ma stupeur, en voyant dans ce qui me semblait bien être mon ancien fauteuil, celui sous lequel je collais les chewing-gums que Daniel Prévost me jetait affectueusement à la gueule pendant l'émission, quelle ne fut pas ma stupeur, dis-je, de voir dans ce fauteuil où j'avais naguère posé mon cul, celui ô combien plus illustre de Valéry Giscard d'Estaing, alors que celui de François Mitterrand trônait en face, dans le fauteuil de Collaro. Ah, dur, dur ! Ah, mon Dieu ! Comme le disait si judicieusement madame Rosenblum en se dissolvant doucement dans la baignoire d'acide sulfurique du docteur Petiot : « On est bien peu de chose ! »

C'est vrai : on est bien peu de chose ! Quelle ironie, pour deux hommes politiques aussi magnifiquement grandioses que Giscard et Mitterrand ! Aller à la pêche aux voix et se retrouver à la pêche aux moules.

En vérité, Françaises, Français, deux grandes dates seulement auront marqué cette campagne présidentielle qui n'est plus aujourd'hui qu'un souvenir, d'ailleurs : il nous faut maintenant tirer un trait sur le passé afin d'oublier nos vaines querelles pour repartir avec un sang nouveau vers ces sept années qui, n'en doutons pas, seront aussi merdiques que les sept dernières.

Oui, ces deux dates inoubliables auront été le 5 novembre 1981, annonce de la candidature de Coluche, et le débat du 5 mai 1981 :

5 NOVEMBRE 1981 : Un gugusse quitte son tabouret de gugusse pour se jeter dans l'arène politique.

5 MAI 1981 : Deux battants de la Cinquième quittent l'arène politique pour se poser dans des fauteuils de gugusses. La boucle est bouclée, la France est éternelle. Vive la France. Quant à vous, Frédéric Mitterrand, votre tonton s'est rendu célèbre en coupant la queue des roses. Personnellement je ne réclame que votre tête !

Frédéric Mitterrand : Neveu, cousin ou fils caché – un de plus, un de moins – de l'autre, cet esthète précieux et volubile a brusquement disparu du paysage mondain où il évoluait. On peut le retrouver sur la chaîne Histoire où il commente en différé le mariage de la reine Elizabeth.

Réquisitoire contre Djamel Allam

19 mai 1981

Françaises, Français,
Belges, Belges,
Camarades, camarades,
Mon président mon chien,
Mon ténor du fado,
Monsieur le roucouleur maghrébin bien parisien,
Mesdames et messieurs les jurés,
Public chéri, mon amour.

Que la cour, dans son infinie bonté, veuille bien m'autoriser à commencer ce réquisitoire par une humble requête : je demande solennellement au futur ministre de la Justice, qui remplacera bientôt l'actuelle gargouille maxi feuillue, qu'il édicte enfin une loi saine et juste en ce qui concerne les justiciables émigrés. N'est-il pas aberrant, en effet, qu'en 1981, après tant et tant d'efforts consentis pour que notre justice soit ce qu'elle est aujourd'hui, c'est-à-dire véritablement juste, humaine et équitable, n'est-il pas aberrant, dis-je, que nous continuions à dilapider l'argent du contribuable et à perdre notre temps en jugeant des accusés de type nord-africain avant de leur couper une tête, qui, de toute façon, ne nous revient pas !

Croyez-vous, monsieur le nouveau garde des pots de

chambre, que vos magistrats n'ont rien d'autre à faire qu'à se pencher sur les djellabas sanglantes des fellaghas communistes de gauche antipapistes, qui mettent du charbon dans les baignoires Ali Jacob et Ben Delafon ? Ces somptueuses baignoires vide-poches que leur installe généreusement la France éternelle dans ses somptueux Ach Ellem de Sâââarcelles ?

Combien de réceptions officielles, combien de sympathiques cérémonies commémoratives ne manqué-je point chaque semaine, parce qu'il me faut aller aux putes… au putôt… au plus tôt au tribunal. Alors que l'avocaillon fluet de type ibérique qui me fait face n'a pas ces problèmes, lui ! Il lui suffit de tirer son coup… son coupable des griffes de la justice, en faisant jouer la sacro-sainte solidarité porto-maghrébine des banlieues rouges ! Mesdames et messieurs les jurés, je vous épargnerai la liste des remises de décorations auxquelles je n'ai hélas pas pu assister depuis l'année dernière, parce que je devais pointer ici tous les jours pour délirer dans la flagrance sous la haute autorité du Massif central ici présent.

Par exemple, c'est par pur hasard, en lisant le numéro de mai du mensuel *L'Information du spectacle*, que j'ai appris que madame Chantal Goya venait d'être nommée chevalier des arts et lettres. Et Chirac ne m'a même pas invité, tellement il sait que je suis débordé à cause des chanteurs kabyles à tronçonner (je ne sais plus si c'était Chirac ou Danièle Gilbert, en tout cas, c'était un responsable de l'opposition qui organisait cette fête). Chevalier des arts et lettres, Bécassine ! Quel beau pays que le nôtre, quel glorieux apport au génie occidental que cette distinction qui met la culture française à sa vraie place, celle qu'on est prié de laisser aussi propre qu'on l'a trouvée en entrant.

Ce n'est pas vous, Djamel Allam, qui auriez chanté Ben Guignol ou Ali Becassin' pour rehausser le niveau de la culture algérienne. Vous, ce qui vous intéresse, c'est le porno : je rappelle à la cour que Djamel Allam se vante d'avoir écrit une chanson qui s'appelle « Gâte-la tôt ». Que vous fassiez ça le matin, monsieur Allam, c'est votre problème. Mais c'est passer les bornes du bon goût qu'exhiber ainsi au tout-venant vos frénésies sexuelles insomniaques. Est-ce que je chante « Gâte-la tard », moi, sous prétexte que je fais ça la nuit ? Est-ce que maître Rego chante « Gâte-la vite » sous prétexte qu'il ne tient pas la distance ? Sa femme l'appelle le TGV : le temps qu'elle éteigne la lumière, il est déjà arrivé à Lyon. Et quand le TGV ira jusqu'à Marseille, elle aura pas fini d'ôter sa culotte qu'il sera déjà en train de décharger sur le Vieux Port.

Si vous voulez vraiment vider quelque chose dès l'aube, monsieur Allam, faites donc comme vos coreligionnaires : videz nos poubelles ! On ne vous reprochera jamais dans ce cas-là votre kabylicitude berbérophile. Vous avez déjà vu un flic demander ses papiers à un Arabe derrière une benne à ordures ? Non, bon. Surtout maintenant que les flics sont de gauche, ça ne peut plus se produire !

La France a toujours su tendre la main à ses frères inférieurs, après avoir mis des gants, évidemment, parce que, enfin, ce n'est pas pour dénigrer une certaine catégorie de personnel, mais le fait est qu'un éboueur nord-africain sent nettement moins bon qu'un mannequin suédois. C'est vrai. Faites vous-même l'expérience. Les mains d'un éboueur moyen après son travail empestent la vieille raclure de poireau. Alors que les mains d'un mannequin après son travail sentent le genou de PDG, c'est quand même autre chose.

Enfin, Mitterrand a gagné, tout ça va changer ! Ça faisait un demi-siècle qu'il attendait cela, le bougre ! Comment lui en vouloir ? Toute sa vie, il n'a rêvé que de cela. Tout petit déjà, à l'école des jésuites de Saint-Focu-sur-la-Commode, il se déguisait en roi de France, avec une couronne sur la tête, et une plume... La plume, il n'a jamais pu l'arracher, c'est pourquoi d'ailleurs, vous l'avez tous remarqué, les seules fois que Mitterrand se laisse filmer ou photographier de dos, c'est quand il a son manteau en poil de chameau, pour qu'on ne voie pas la plume... Alors, je vous le demande, Françaises, Français, comment en vouloir à cet homme qui a tant gesticulé de droite et de gauche au cours d'une vie ô combien riche en retournements, et qui va enfin pouvoir entrer dans le troisième âge bardé de tricolore et s'asseoir sur son trône percé, pour la plume ? Comment en vouloir à Mitterrand qui est de gauche depuis si longtemps maintenant qu'on ne sait même plus très bien ce qu'il faisait comme métier avant.

Personnellement, je suis de droite jusqu'au bout des ongles. Mon éducation ne m'y prédisposait qu'à moitié, mais c'est dans mes gènes. J'ai pleinement conscience de n'appartenir à aucune élite, sauf quand je passe devant un militaire, pourtant mon individualisme hystérique me fait repousser instinctivement les groupes de plus d'une personne et m'interdit de partager d'autres idées généreuses que les miennes.

Je suis de droite et je m'en vante maintenant, parce que c'est extrêmement chic, pour un artiste, d'être dans l'opposition ! Non seulement c'est chic, mais c'est indispensable. Un artiste se doit d'être écorché vif, insatisfait, dérangé et dérangeant ! Bien assis dans la majorité, loin des chemins des colères salutaires, l'artiste s'étiole et se fane. C'est pourquoi il n'y a pas plus de souffle lyrique dans un cri de Danièle Gilbert sous Giscard que dans une toile d'un peintre officiel soviétique sous Brejnev ! Bientôt, quand Maurice Séveno animera Midi Première, ce n'est plus Mireille Mathieu qu'on y verra, c'est Djamel Allam, Yves Béranger et Renaud qui chanteront à leur tour la joie de vivre, youkaïdi, youkaïda, tandis que le président Villers animera les petits Noëls de l'Élysée avec Gros Nounours et le président. La roue tourne !

Elle tourne vite d'ailleurs, et je pense que ce serait une assez bonne idée de couper la tête de Djamel Allam dans les plus brefs délais, car le temps qui reste imparti à la guillotine et à Peyrefitte me semble toucher à sa fin.

Djamel Allam : L'un des pionniers d'une longue caravane de chanteurs kabyles qui savent si bien rendre la beauté tragique des sauvages Aurès et le parfum envoûtant des citronniers en fleur. Cela dit, *La Fille du Bédouin*, ce n'était pas si mal.

Réquisitoire contre Gérard Vié

26 mai 1981

Françaises, Français,
Belges, Belges,
Socialistes, socialistes,
Cher camarade Villers,
Cher Luis Rego,
vous qui êtes compatriote de Mario Suarez,
Chère Melina, chère Edmonde, chère Danielle,
Chère Éva, chère Laurence,
Chères starlettes du festival de connes,
Cher Olof Palme, cher Papa…Andréou,
Mesdames et messieurs les jurés,
Public chéri, mon amour.

Il sera beaucoup pardonné à Gérard Vié, car Gérard Vié a beaucoup souffert.

Juin 1940 : c'est l'exode. Ils sont deux frères : Jean et Gérard Vié. Le second, Gérard Vié, est furieux. Le premier, Jean Vié, est férié. La famille Vié au grand complet quitte le restaurant familial en emportant le minimum : le sel, le poivre, thym, laurier, une pointe d'estragon. Ah, les pauv' Vié ! Le spectacle est apocalyptique. Les sirènes hurlent, les avions Messerschmitt, peints à la main par Georges Marchais, crachent le fer et le feu sur la départementale bonjour d'Alfred, les chats miaulent, les chiens aboient, les caravanes passent, les moutons paissent, les sauts d'puce et les vaches qui pissent. Le ciel flamboie, les obus sifflent, les bombes explosent, les maisons brûlent, la mort est partout, et les Vié fuient.

Oui, parfaitement, les Vié fuient. Oh, je sais bien, je sais bien qu'il se trouvera parmi notre auditoire, prêt à toutes les bassesses de l'esprit, quelqu'un pour croire et faire accroire que j'ai dit que les Vié fuyaient uniquement pour faire un jeu de mots ! Sordide humanité : vous ne méritiez pas Giscard ! Car il n'en est rien. Vous le sentez bien que jamais je n'oserais me moquer de vous, monsieur Vié : je vous supplie de me croire, et de ne pas changer d'avis en ce qui concerne l'aimable invitation que vous avez l'intention de me faire après l'audience afin que je puisse aller dîner chez vous aux Trois Marches à Versailles, dès demain soir, si vous voulez, avec ma femme et mes amis des chœurs de l'Armée rouge qui sont de passage chez Éva Darlan pour quelques nuits.

Oui, il faut me croire, mesdames et messieurs les jurés, cher Gérard Vié : sous la robe austère de la justice se cache la plus grosse et la plus rouge des confusions à la seule idée que l'on puisse mettre en cause ma bonne foi dans cette affaire qui concerne toute la famille Vié. Alors bon, que disé-je ?

Après l'exode de 1940, qui devait marquer le début d'une chaleureuse et fraternelle amitié franco-allemande de cinq années, la famille Vié se réunit de nouveau à Versailles. Ils sont tous là, Jean Vié, Karl Mars, Nicole Avril, Bernard Dimey, le maréchal Juin, Pierre Juillet, etc. Ils sont tous là. Y a même Georgio le fils maudit, qui est gai comme un Italien quand il sait qu'il aura de l'amour et du vin.

« Nous allons ouvrir une boucherie », annonce solennellement l'aîné.

Quoi ! s'exclame Gérard Vié avec une vivacité surprenante chez un homme de sa corpulence ! Quoi ! Des bouchers ? Les Vié ! Ne comptez pas sur moi ! Il n'y faut pas songer. Je veux être restaurateur ! Je veux pétrir sous mes doigts la pâte lourde et blonde à la farine de froment légère qui hume encore les blés mûrs des prés sauvages ! Je veux voir frémir, au fond du poêlon de cuivre, le petit oignon blanc frétillant dans le beurre des Charentes ! Je veux mêler la chair à ma… saucisse… à la mie blanche et aux œufs frais, pour voir naître la farce odorante aux herbes fines, ciboule et romarin, fenouil et cerfeuil, patchouli, chinchilla. Je veux créer de mes propres mains les pâtés en croûte rondelets dorés au four, les terrines de foie rose égayées de poivre vert, et, gorgées de champignons blancs sous leur chapeau léger, les opulentes bouchées à la reine. « Des bouchées ! Les Vié ! », oui !

Et c'est ainsi, mesdames et messieurs les jurés, que Gérard Vié devient restaurateur à Versailles ! À deux pas du château dont la canaille a chassé nos rois, mais qui reste aujourd'hui encore l'un des plus grands chefs-d'œuvre de l'art français, je veux parler bien sûr de l'art français avec un grand A, c'est-à-dire de l'art français de l'ancien régime de bananes, pardon, l'art français de l'Ancien Régime.

De bananes flambées en oranges givrées, de chevreuil Tatin en cheval Melba, Les Trois Marches, le restaurant de Gérard Vié, devint célèbre en moins de temps qu'il n'en fallut à Mireille Mathieu pour apprendre par cœur la date de la bataille de Marignan, c'est-à-dire en moins de cinq ans.

Aujourd'hui encore, on peut y dîner pour moins de l'équivalent de trois mois de salaire d'un travailleur ougandais.

C'est très important de bien manger. Personnellement, je me suis toujours méfié des gens qui n'aimaient pas les plaisirs de la table. Car enfin, il faut que vous le sachiez, et pas seulement dans la colle, le manque de curiosité gastronomique et de jovialité culinaire va très souvent de paire, et pas seulement de fesses, avec un caractère grincheux, pète-sec, hargneux et parpaillot. Imagine-t-on Cromwell ou Jean Cau ripailler ?

Tout au long de cette vie tumultueuse où j'ai donné la joie sur d'innombrables sommiers dont j'ai oublié le nom, tout au long de cette vie, j'ai compris qu'on pouvait juger de la sensualité d'une femme (ou d'un homme, bien sûr, mais c'est moins mon truc) simplement en observant son comportement à table. Prends-en de la graine, jeune dragueur qui m'écoute : celle-là qui chipote devant les plats nouveaux ou exotiques, qui met de l'eau dans le pauillac, qui grimace au-dessus des pieds de porc farcis, qui repousse les myrtilles à côté du filet de sanglier, celle-là, crois-moi, n'est pas sensuelle. C'est évident : comment voulez-vous qu'une femme qui renâcle devant une saucisse de Morteau puisse prendre ensuite quelque plaisir... avec une langue aux olives ou des noisettes de veau ?

Je suis sûr que vous partagez mon avis, Gérard ? (Vous permettez que je vous appelle Gérard, je vous connais assez bien depuis demain soir !)

Vous comprendrez facilement, mesdames et messieurs les jurés, cher Pierre Mauroy, chère madame Charles-Roux, qu'il est au-dessus de mes forces d'envoyer à la guillotine un homme qui vient publiquement de m'inviter officiellement à dîner dans son restaurant, Les Trois Marches à Versailles.

Les Vié… oh, pardon, la famille Vié est une famille irréprochable. Nous devons l'aimer. Aimons-nous les uns les autres ! Nous devons nous aimer sous Mitterrand, mais pour bien nous aimer sous Mitterrand, Françaises, Français, aimons-nous sous les Vié.

Je terminerai mon propos par une humble recette de cuisine que vous ne connaissez peut-être pas, Gérard Vié.

Si vous voulez faire cuire des carottes sans casserole et sans eau, c'est très simple. Vous prenez neuf carottes, c'est très important. Vous prenez vos neuf carottes. Vous les comptez bien soigneusement. Les carottes sont neuf. Vous jetez une des neuf carottes : les carottes sont qu'huit !

Gérard Vié : Les grands cuisiniers comme lui sont un danger pour les obèses et les jockeys : ils vous donnent faim rien qu'en parlant.

Réquisitoire contre Daniel Cohn-Bendit

14 septembre 1982

Françaises, Français,
Belges, Belges,
Monsieur le président d'opérette,
Pauvre Cohn (vous permettez, Daniel,
que je vous appelle Cohn),
Mesdames et messieurs les jurés,
Public chéri, mon amour.

Je n'ai rien contre les rouquins.

Encore que je préfère les rouquins bretons qui puent la moule aux rouquins juifs allemands qui puent la bière. D'ailleurs, comme disait à peu près Himmler : « Qu'on puisse être à la fois juif et allemand, ça me dépasse. » C'est vrai, faut savoir choisir son camp. Enfin tout ça, c'est du passé, l'antisémitisme n'existe plus. Je veux dire que de nos jours, quand même, on peut dire qu'il y a moins d'antisémites en France que de juifs. Personnellement, je m'en fous. Je ne suis ni l'un ni l'autre. J'ai mes papiers de chrétien de gauche. Alors… tenez, regardez, ça c'est mon certificat de baptême, ça c'est mon bulletin d'abonnement à *Télérama*.

Mais revenons-en, si vous le voulez bien, mesdames et messieurs les jurés, au cas douloureux de cet ancien combattant rondouillard qui soupire sur ses souvenirs de guerre, en faisant pousser des laitues dans la banlieue de Francfort, à moins que j'aie mal compris le chef d'accusation. Qui êtes-vous, pauvre Cohn ? Qui est Daniel Cohn-Bendit ? J'ai posé la question à quelqu'un pas plus tard que la semaine dernière. Face à la mer, je regardais mourir l'été du haut de la superbe terrasse de la somptueuse villa balnéaire dont l'immense fortune de ma famille me permet de jouir à mes très nombreux moments perdus. Grotesques et désœuvrés, les congés payés clapotaient misérablement à mes pieds dans leur triste cache-bonbons trop large du catalogue des trois cuisses. Je songeais tristement que parmi ces mornes quadragénaires prématurément usés par les tracasseries bureaucratiques, drogués de télévision, boursouflés de vinasse et sursaturés de ragoûts navrants, certains piaffèrent naguère sur les barricades émouvantes d'un printemps de fureur juvénile. Me tournant alors vers la jeune fille d'un de mes amis, une pure adolescente de 15 ans, de celles dont on se dit : « Ah, mon Dieu, que la femme est belle au sortir de l'enfance. Seigneur-Jésus, t'as vu ses lolos ! »

Me tournant donc vers cette frêle naïade qui rêvassait près de moi sur un transat, en parcourant « la rubrique des ovaires anxieux » dans *Cosmopolitan*, je lui dis :

« Dis-moi, ma petite Marie, sais-tu qui est Daniel Cohn-Bendit ?

– C'est pas la fille du groupe Téléphone ? » hasarda-t-elle.

Eh oui, mon vieux président, eh oui, mon pauv' baveux péninsulaire, eh oui, mesdames et messieurs les jurés de carnaval, il faut vous y faire. Pour cette génération, Pétain, Cohn-Bendit ou Yves Montand, c'est le passé. Au reste, à regarder de plus près, quelle différence y a-t-il vraiment entre Pétain et Yves Montand ? À la réflexion, il y en a une : Pétain, lui, au moins, y ferme sa gueule. Y donne pas son avis sur la Pologne quand on lui demande de chanter *Les Feuilles mortes*.

Ah, *Les Feuilles mortes* ! Ah, Prévert ! « En ce temps-là, la vie était plus belle, et l'Algérie plus française qu'aujourd'hui. » Maintenant, tout est changé, tout fout le camp, et Daniel Cohn-Bendit, insidieusement, sans qu'il s'en rende bien compte encore, Daniel Cohn-Bendit commence à perdre ses illusions et ses cheveux rouges.

Malgré la raideur et la dureté du cœur d'airain qui frétille sous la robe austère de la justice, je vous demanderai d'avoir quelque indulgence pour cet ancien poilu des tranchées de la rue Saint-Jacques, devenu presque impotent. Regardez-le, mesdames et messieurs les jurés ! Qui pourrait en vouloir à ce misérable déchet humain qui croupit sans grâce au ban de l'infamie, tandis que les enfants des disciples de Dany-le-Rouge se peignent les cheveux en vert pour aller pétarader en bande sur les vélomoteurs imbéciles de leur printemps petit-bourgeois ?

Cet homme, mesdames et messieurs, est à l'automne de sa vie, à la fin de son voyage. Il est bon pour l'euthanasie. Il s'étiole et se racornit comme la première feuille morte que foulent aux pieds les amants séparés qui se repoussent au bois de Vincennes ou qui s'attirent au bois de Boulogne. De plus, c'est un aliéné mental. Comme la plupart des marginaux qui ont préféré la vie communautaire au Lion's Club, et qui vivent leur mouvement alternatif sans le courant continu, cet être, mesdames et messieurs les jurés, est à l'évidence à la fois psychotique et névrosé, comme aurait dû le démontrer tout à l'heure notre excellente amie le docteur Folly et comme elle ne l'a pas fait car en vérité, je vous le dis, monsieur le président, elles sont toutes folles de ce voyou apatride dans le regard pétillant duquel elles croient lire une étrange beauté intérieure, alors qu'il s'y cache en réalité cet éclair glauque de luxure concupiscente propre aux émigrés sataniques qui viennent jusque dans nos bras pour culbuter nos filles et nos compagnes !

Oui, ma petite follette, cet homme qui mange le sein des Françaises est à la fois psychotique et névrosé. À l'intention des imbéciles et des électeurs de gauche qui nous écoutent par milliers, je rappelle la différence fondamentale qui existe entre un psychotique et un névrosé : le psychotique pense que deux et deux font cinq, et il en est absolument ravi. Alors que le névrosé, lui, sait que deux et deux font quatre, et il en est désespéré. Une définition qui vaut ce qu'elle vaut, je ne sais plus si elle est de Sigmund Freud ou de Maître Capello, de toute façon, c'est pas un con…

Pyromane en 68, paranoïaque depuis l'enfance, Daniel Cohn-Bendit semble avoir définitivement sombré aujourd'hui dans la plurigamie poly-philanthropique plurigame, à ne pas confondre avec la bigamie schizophrénique, dont souffre Rego (comme son nom l'indique, le bigame schizophrénique joue du piano à deux mains avec un entonnoir sur la tête).

Le 25 mai 1968, sur arrêté ministériel du regretté Christian Fouchet (je dis « regretté » parce qu'il est mort sans m'avoir rendu mon peigne), Daniel Cohn-Bendit était refoulé à Forbach alors qu'il tentait de rentrer en France pour faire encore l'andouille avec des boutonneux. Je propose, mesdames et messieurs les jurés, que nous le condamnions aujourd'hui à la même peine. Allez-vous-en, Cohn-Bendit. Allez méditer sur vos crimes en Basse-Moselle et restez-y. Après tout, mesdames et messieurs les jurés, je vous le demande en votre âme et conscience, ne vaut-il pas mieux être dévoré de remords dans la forêt de Forbach que dévoré de morbaques dans la forêt de Francfort ?

Daniel Cohn-Bendit: S'il existe quelqu'un qui a quelque chose de nouveau à dire sur le rouquin juif allemand de mai 68, qu'il le garde pour lui. Parce que c'est loin, tout ça.

Réquisitoire contre Jean d'Ormesson

16 septembre 1982

Françaises, Français,
Belges, Belges,
Monsieur le comte,
Monsieur le président de pacotille,
Monsieur l'avocat le plus bas d'Inter,
Ma chère petite follette,
Mesdames et messieurs les jurés,
Public chéri, mon amour.

Quand il a fini d'écrire des conneries dans le dictionnaire, à quoi sert un académicien français ? À rien. À rien du tout. Non mais, regardez-le, mesdames et messieurs les jurés ! Voyez ce triste spécimen de parasite de la société, qui trémousse sans vergogne son arrogance de nanti sur le banc vermoulu de l'infamie populaire. Voyez-le glandouiller sans honte dans ce minable tribunal de pitres grotesques à l'heure même où des millions de travailleurs de ce pays suent sang et eau dans nos usines, dans nos bureaux et même dans nos jardins, où d'humbles femmes de la terre arrachent sans gémir à la glèbe hostile les glorieuses feuilles de scarole destinées à décorer les habits verts des quarante plésiosaures grabataires qui souillent le quai Conti du chevrotement comateux de leurs pensées séniles.

N'avez-vous pas honte, monsieur d'Ormesson, de vous commettre ainsi avec ces trente-neuf vieilles tiges creuses, rien dans la cafetière, tout dans la coupole !

N'avez-vous point honte de vous exhiber dans cet affligeant gérontodrome, vous qui êtes encore jeune et fringant, malgré les rides affreuses qui commencent à défigurer de façon dramatique votre visage naguère aristocratique ?

N'avez-vous point honte à votre âge, un grand garçon comme vous, de vous déguiser périodiquement en guignol vert pomme avec un chapeau à plumes à la con et une épée de panoplie de Zorro ? Est-il Dieu possible qu'un écrivain aussi sérieux que vous fasse partie des quarante papy-la-tremblote tout juste encore bons à réchauffer leurs os cliquetants au soleil du front de Seine en se demandant s'il y a un N ou deux à zigounette ?

N'avez-vous point honte, Jean d'Ormesson, de fricoter dans les belles lettres en compagnie de Jean Mistler, d'Henry Bordeaux, d'André Maurois ou de Jean Dutourd, autant d'écrivaillons tellement inexistants que je me demande s'il n'y en a pas déjà la moitié de morts ?

Est-il Dieu possible qu'il existe une précocité du gâtisme ? Peut-on être gâteux précoce comme on est éjaculateur mondain ? Si cela était, cette question en amènerait une autre, encore plus terrible. Et c'est à vous que je la pose, monsieur d'Ormesson : serait-il Dieu possible que des gâteux écrivent dans *Le Figaro* ? Je ne puis le croire !

C'est en 1635 que Richelieu-Drouot créa l'Académie française. Pourquoi ce nom d'« Académie française » ? C'est la question que tout le monde se pose, sauf maître Rego qui s'en fout du moment qu'il a pas froid aux genoux, et qu'il peut brouter tranquillement sous son pupitre la morue séchée que sa tata Rodriguez lui envoie de Lisbonne en paquet fado.

Pourquoi « Académie française » ? Eh bien, justement, pour éviter que les bougnoules étrangers ne vinssent poser leur cul basané sur les bancs des Français. Pourquoi « Académie » ? Là, c'est plus compliqué. Je vous demande à tous un effort d'attention. Vous n'allez pas être déçus.

Avant que Richelieu-Drouot ne le réquisitionnât, le magnifique bâtiment surmonté de la célèbre coupole et flanqué de deux très belles bâtisses que tout le monde connaît, ce magnifique bâtiment abritait une boulangerie. La boulangerie du maître boulanger Jean-Baptiste Quaiconti où Henri IV lui-même venait acheter ses fameuses baguettes bien cuites que son amant, Sully, lui découpait en mouillettes pour les tremper dans le bouillon de poule au pot tous les dimanches.

À cette époque, on ne faisait pas le pain comme aujourd'hui : on fabriquait la croûte d'un côté et la mie un peu plus loin. C'est pourquoi il y avait ces deux bâtisses. Les clients fortunés comme Henri IV ou Marguerite de Valois achetaient évidemment la croûte et la mie. Mais les pauvres qui, depuis le début de l'humanité, ont toujours eu des goûts simples (j'en connais qui n'ont même pas de magnétoscope !), les pauvres, dis-je, n'achetaient que la croûte. Et quand un pauvre arrivait devant la double boutique de maître Jean-Baptiste Quaiconti, il demandait : « Pardon, notre bon maître, où c'est qu'y a des croûtes ? »

Et notre brave boulanger répondait invariablement

en montrant les deux portes : « C'est là qu'y a des croûtes, et c'est là qu'y a des mies », précisait-il.

Or, par un beau soir de printemps 1635, le cardinal de Richelieu, qui était de fort belle humeur (il venait de se faire amidonner la soutane par une jolie repasseuse de la rue Dauphine). Le cardinal, dis-je... (cette blanchisserie existe aujourd'hui encore, 14, rue Dauphine, vous pouvez vérifier. Elle a seulement changé de nom : elle s'appelait jadis « À la calotte qui luit » (en hommage à Richelieu, évidemment). Maintenant ça s'appelle, beaucoup plus prosaïquement, « Pressing du Sahel. Nettoyage à sec ».

Donc, Richelieu se promenait, un peu raide, au bord de la Seine lorsque son regard fut attiré par le trottoir souillé de miettes de pain à la hauteur de la boulangerie de maître Quaiconti. « Degueulassum est », dit-il en latin et en lui-même. Il fit mander dès le lendemain le boulanger et le tança d'importance pour cette dégradation de la chaussée.

« Vous pourriez faire votre pain plus loin, dit le cardinal.

– Oh, ben, vous savez, moi, je fais où on me dit de faire », rétorqua cet homme.

Outré par tant d'impertinence, Richelieu ordonna qu'on lui coupât la tête (ce qui fut fait dans l'heure), puis, pris de remords, il donna au bord de Seine, à cet endroit, le nom de quai Conti.

« Monsieur le cardinal, j'aime beaucoup ce que vous faites, dit Louis XIII, qui était con comme un Bourbon, mais que va devenir cette immense boulangerie dont vous étêtâtes le chef ?

– Que Sa Majesté besogne en paix son Autrichienne, j'y ai songé, répondit Richelieu. Je vais tout simplement remplacer toutes ces vieilles croûtes par des vieux croûtons. »

L'Académie française était née. Puis s'avisant soudain qu'on était déjà en 1635, Richelieu et Louis XIII décidèrent qu'il était grand temps d'aller bouffer du boche s'ils ne voulaient pas que la guerre de Trente Ans se terminât sans eux.

Donc, Jean d'Ormesson, mon petit bonhomme, vous êtes coupable. La peine capitale ayant été abolie contre la volonté du peuple, par un caprice des hordes roses hystériques qui font régner leur loi laxiste dans ce pays, je demande néanmoins aux jurés un maximum de fermeté. Étant donné que l'accusé n'écrit pas avec ses pieds, je suggère qu'on lui coupe les mains.

Jean d'Ormesson : Cet écrivain Immortel et manifestement très nain a l'habitude de donner ses rendez-vous dans les escaliers de façon à surplomber ses interlocuteurs en se plaçant deux marches au-dessus d'eux.

Réquisitoire contre Alain Moreau

21 septembre 1982

Françaises, Français,
Belges, Belges,
Monsieur le président de carnaval,
Majesté (c'est le roi de la défense passive),
Monsieur l'éditeur maudit du Tout-Paris,
Mesdames et messieurs les jurés,
Public chéri, mon amour.

Malgré l'ulcère atrocement douloureux qui me ronge l'estomac depuis l'abolition de la peine de mort, malgré la haine instinctive et viscérale qui pousse toute société moderne bien construite à vomir ses intellectuels, malgré le malheur qui s'abat simultanément sur ma vie privée et ma carrière professionnelle (je vivais avec un leader socialiste, mais après avoir vu Defferre raconter à la télé sa version de « Flic story » sur les boulevards, il est allé se convertir à Hare Krishna), malgré toutes ces bonnes raisons qu'aurait tout procureur normal de vous condamner au maximum avant même d'avoir lu votre dossier, je serai indulgent avec vous, Alain Moreau.

Non ! Ne riez pas, monsieur le président ! Oh, je sais le mépris borné et entaché d'anticléricalisme primaire qui anime vos pensées frustes de jauressien mondain fossilisé dans l'adulation populacière par une éducation crypto-boulevardière qui vous a fait sombrer progressivement, depuis l'enfance, de la misère honnête à la magistrature couchée ! Au reste, je ne vous en veux pas, tant est admirable chez vous cette volonté farouche qui permet aux autodidactes de votre trempe de réussir dans la vie sans même avoir acquis la pratique du baisemain !

Ne riez pas vous non plus, misérable raclure du barreau de mes deux chaises, vous qui venez manger les plaidoiries des Français, alors que des milliers de chômeurs et de fainéants de ce pays rêvent d'être avocats pour pouvoir être payés à rien foutre en disant des conneries, en attendant de devenir un jour garde des Sceaux. Non, ne riez pas, vous l'avocat le plus bas d'Inter, vous le Rantanplan des prétoires.

Regardez-le, mesdames et messieurs les jurés. Avec sa petite tête noiraude bizarrement posée sur son col blanc, on dirait une olive avec une brassière !

Qu'on ne s'imagine pas que la Sainte Vierge m'est apparue. La Sainte Vierge n'apparaît en principe qu'aux humbles bergères timides qui gambadent dans les Hautes-Pyrénées en enjambant les torrents. Et encore, pas toujours. Personnellement, j'ai une petite cousine qui fait humble bergère timide. L'autre jour elle est allée gambader dans les Hautes-Pyrénées en enjambant les torrents. Soudain, à l'orée d'une grotte où coulait une source d'eau claire, elle a vu une dame toute vêtue de bleu qui se tenait debout devant elle et la regardait d'un bon sourire.

« Ah, belle dame, comme vous êtes belle dans votre belle robe bleue !

– Ça c'est vrai, ça ! » dit la dame.

C'était la Mère Denis qui polluait le gave de Pau en lavant sa culotte en Thermolactyl Babar avec sa lessive à la con.

Non, j'ai compris enfin le sens de la condition humaine.

J'en ai eu la révélation ce matin même. Au réveil, je me suis senti très mal. J'avais un poids sur la poitrine et un nœud dans la gorge alors que j'étais tout seul.

Je suis allé consulter le docteur Brouchard en qui j'ai pleinement confiance. Il m'a vu naître. Je l'ai vu naître. Nous nous sommes vus naître.

Après m'avoir ausculté de fond en comble avec minutie, il a dit :

« Pierre, mon vieux... Mon pauvre vieux.

– Je vous en prie, docteur. Soyez franc. Je veux toute la vérité. J'ai besoin de savoir.

– Eh bien, j'ai une mauvaise nouvelle. De toute évidence, vous êtes atteint d'une... d'un... d'une maladie à évolution lente, caractérisée par... par une... dégénérescence irréversible des cellules et...

– Écoutez, docteur. Soyez clair : j'ai un cancer ?

– C'est-à-dire que non. Je ne dis pas cela.

– Vous dites "irréversible". C'est mortel. C'est donc bien un cancer. Parlez-moi franchement. Il me reste combien de temps ?

– Eh bien, oui. Vos jours sont comptés. À mon avis, dans le meilleur des cas, vous en avez encore pour trente à quarante ans. Maximum.

– Mais, si ce n'est pas un cancer, comment s'appelle cette maladie, docteur ?

– C'est la vie.

– La vie ? Vous voulez dire que je suis...

– Vivant, oui, hélas.

– Mais où est-ce que j'ai pu attraper une pareille saloperie ?

– C'est malheureusement héréditaire. Je ne dis pas cela pour tenter de vous consoler, mais c'est une maladie très répandue dans le monde. Il est à craindre qu'elle ne sera pas vaincue de sitôt. Ce qu'il faudrait, c'est rendre obligatoire la contraception pour tout le monde. Ce serait la seule prévention réellement efficace. Mais les gens ne sont pas mûrs. Ils forniquent à tire-larigot sans même penser qu'ils risquent à tout moment de se reproduire, contribuant ainsi à l'extension de l'épidémie de vie qui frappe le monde depuis des millénaires.

– Oui, bon, d'accord, mais moi, en attendant, qu'est-ce que je peux faire pour atténuer mes souffrances ? J'ai mal, docteur, j'ai mal.

– Avant l'issue fatale, qui devrait se situer vers la fin de ce siècle, si tout va bien, vos troubles physiques et mentaux iront en s'aggravant de façon inéluctable. En ce qui concerne les premiers, il n'y a pas grand-chose à faire. Vous allez vous racornir, vous rétrécir, vous coincer, vous durcir, vous flétrir, vous mollir. Vous allez perdre vos dents, vos cheveux, vos yeux, vos oreilles, votre voix, vos muscles, vos parents, votre prostate, vos lunettes, etc. Moralement, de très nombreuses personnes parviennent cependant à supporter assez bien la vie. Elles s'agitent pour oublier. C'est ainsi que certains sont champions de course à pied, présidents de la République, alcooliques ou chœurs de l'Armée rouge. Autant d'occupations qui ne débouchent évidemment sur rien d'autre que sur la mort, mais qui peuvent apporter chez le malade une euphorie passagère ou, même, chez les imbéciles une euphorie permanente.

– Et vous n'avez pas d'autre médication à me suggérer, docteur ?

– Il y a bien la religion : c'est une défense naturelle qui permet à ceux qui la possèdent de supporter relativement bien la vie en s'autosuggérant qu'elle a un sens et qu'ils sont immortels.

– Soyons sérieux, docteur, je vous en prie.

– Alors, mon pauvre ami, je ne vois plus qu'un remède pour vous guérir de la vie. C'est le suicide.

– Ça fait mal ?

– Non, mais c'est mortel… Voilà, voilà. C'est deux cents francs.

– Deux cents francs ? C'est cher !

– C'est la vie. »

J'avais dit au début de ce réquisitoire que je serais indulgent envers Alain Moreau, mesdames et messieurs les jurés. Je confirme. Laissons-le filer. Avec ce conseil : Alain Moreau, mon vieux, ne perdez plus de temps : « Suicidez-vous jeune, vous profiterez de la mort. »

Alain Moreau : Quand il était éditeur, il a publié *Suicide mode d'emploi* mais ne l'a pas lu : on ne sait jamais ce qui peut vous passer par la tête.

Réquisitoire contre Plastic Bertrand

22 septembre 1982

Françaises, Français,
Belges, Belges,
Monsieur le juge de touche,
Chère Jeanne,
Maître, ou ne pas mettre,
Chers chanteurs apatrides et polyglottes,
Mesdames et messieurs les jurés,
Public chéri, mon amour.

Je dis assez !

Qu'on me dérange, qu'on ose me déranger, moi qui ai plus fait pour la procure que la Mère Denis pour la récure, moi qui ai fait condamner ici même les plus grands criminels de cette époque, pas Cresson ni Cheysson mais Tesson, d'Ormesson, moi qui ai servi sans faiblir et jusqu'au bout la plus grande découverte du génie humain depuis le préservatif à plume-au-bout du docteur Zigounet, dit le velours de l'estomac… ou le taffetas de l'utérus, ça dépend de quel côté on se place.

Moi qui aimais tant la guillotine que je faisais tronçonner jusqu'aux bourreaux pour tuer le temps entre deux exécutions capitales. Moi qui ai toujours su faire honneur à cette robe austère de la justice sous laquelle je n'arrive pas à y croire moi-même, moi, procureur général de la République Desproges française, titulaire de la médaille du travail de cochon et de la médaille commémorative des opérations de pacification en Algérie française, moi qui suis diplômé de la faculté des sciences de Johannesburg pour ma thèse sur les conflits raciaux intitulée *Les nègres, c'est comme les juifs, ça s'attrape par la mère*, moi qui suis diplômé de la Royal History Society de Cambridge pour mon essai historique sur Jeanne d'Arc intitulé *Where is my God* (in french : où c'est que j'ai mis ma quenouille ?), moi, dis-je, moi le super-procu aux nerfs d'acier dans un gant de crin, on me dérange, on ose me déranger pour cette espèce de rigolo synthétique moulé dans son futal de clown comme un boudin antillais dans son boyau d'ornithorynque. Et qu'on ne me dise pas qu'il n'y a pas d'ornithorynque aux Antilles, ça bouge, la faune ! On a même signalé un brontosaure à Matignon. Et ce n'est pas le premier !

Non, mais qu'est-ce que vous croyez, Jean-François Polystyrène ?

Vous vous imaginez sans doute que la justice de ce pays n'a rien de mieux à faire qu'à dépenser les milliards des contribuables en épluchant le lamentable inventaire de vos chansons grotesques qui vous sert de curriculum vitae ?

Qui est-il, mesdames et messieurs les jurés, ce frémissant loukoum wallon ? « Je ne ressemble à personne », dit-il dans *Paris-Match* à Philippe Bouvard, le mètre étalon de l'humour parisien. Alors comme ça, Gonzague Polyester, vous ne ressemblez à personne ! Vous voulez dire que vous ne ressemblez à rien. Pas à personne.

Croyez-moi, que le duc de Bordeaux eût porté des baskets et vous fussiez son jumeau. « J'ai une place à part dans l'oreille des gens », dites-vous plus loin, toujours à l'adresse du choupinet rigolard de la rue Bayard. « Une place à part dans l'oreille » ? Cochon ! Et dans *Paris-Match* ! Ce doux hebdomadaire ! *Paris-Match*, le poids des mots-globine, le chic des photos !

Mais le comble de l'autosatisfaction dans la démesure est atteint dans le *Journal du dimanche* du 15 février 1981, où, toute honte bue, Jean-Edern Hydrocarbure, vous opinez benoîtement quand madame Christine Ferniot vous compare carrément au « Superman belge ».

Est-ce que quelqu'un, parmi les inévitables-z-et apathiques jurés végétatifs qui croupissent à nos pieds, est-ce que quelqu'un parmi ce public ramolli aux yeux gorgés d'insignifiance, est-ce que quelqu'un dans cette cour d'irréfutables guignols patentés, est-ce que quelqu'un a jamais eu affaire au Superman belge ? M'entendez-vous, vous, l'avocat le plus bas d'Inter ? Regardez-le, mesdames et messieurs les jurés, voyez-le brouter sans grâce le chewing-gum en boyau de morue que sa tata Rodriguez lui envoie de Lisbonne en paquet fado ! C'est vous qu'on devrait guillotiner, maître ! (Je dis maître tout court, parce que lui, c'est pas le maître étalon. D'ailleurs pour être étalon le maître suffit-il ?)

Oui, monsieur le président, c'est à nous, la magistrature couchée, d'en finir avec cet avocaillon apatride et velu ! Car je vous le demande, en votre âme et conscience, mon président chéri, si la magistrature n'est pas couchée, comment mettre un terme au maître ?

Un soir, le Superman belge est venu prendre un pot

chez moi. Il était épuisé par une rude journée d'héroïsme au service des grandes causes nationales belges. Grâce à la force invincible de ses poings d'acier, il avait, par trois fois le jour même, défendu la veuve contre l'orphelin, et assommé trois vieilles impotentes agressées par d'odieux loubards.

« Vous devez être épuisé, Superman belge, lui dis-je.

– Chut ! Taisez-vous, dit-il. J'entends une plainte. J'y vais, damned, une fois ! »

Et il s'envola sur place, défonçant ainsi le plafond de ma salle à manger auquel j'étais très attaché.

C'était sa fiancée, mademoiselle Jeanne, qui commençait à cramer dans l'ambassade de Suisse en flammes où King Kong la poursuivait, la frite sous le bras, en poussant des cris épouvantables. Au mépris des flammes qui lui léchaient la zigounette à travers sa combinaison d'acier (croyez-moi, ça fait mal), Superman belge abattit le monstre d'une manchette bien ajustée puis, après l'avoir sodomisé sobrement, il prit la jeune fille dans ses bras de fer et s'envola avec elle vers le firmament étoilé. À cinq mille mètres du sol, il croisa le Concorde et l'applaudit frénétiquement, ce qui l'obligea hélas à lâcher sa bien-aimée qui s'écrasa dans la dignité sur le palais de l'Europe à Bruxelles. Le lendemain même, le roi des Belges, ébloui par cet acte de bravoure magnifique, tint à recevoir lui-même le Superman belge pour lui décerner de ses propres mains la plus haute distinction de son pays, la Flèche wallonne. Hélas encore, Superman belge, prenant la reine Fabiola pour une dent cariée, à cause de la couronne, crut la soulager en lui arrachant la tête, ce qui n'était, il faut bien le dire, pas très protocolaire.

Pour en finir avec Machin… pardon, avec l'accusé,

on me dit que vous chantez, jeune homme ? Est-ce bien raisonnable ? Est-ce que je chante, moi ? Non ! Est-ce que Béjart chante ? Non, il danse. Est-ce que Rego chante ? Non, il plaide ! Est-ce que Iglesias chante ? Non. Il brame.

Alors, s'il vous plaît, mon jeune ami, cessez de chanter, je vous en supplie, au nom de la France et du bon goût français. Quand on a la chance, comme vous, d'avoir à la fois une gorge profonde et une place à part dans l'oreille des gens, on peut faire tant de choses sans réveiller les voisins. Voyez le président Villers, est-ce qu'il a besoin d'un micro pour fumer la pipe ?

Mesdames et messieurs les jurés, je réclame une peine de cent vingt ans de prison ferme et insonorisée pour Wolfgang Amadeus Trichlorostyrène.

J'en ai terminé. Je laisse la parole au Mickey.

Plastic Bertrand : Chanteur ex-punk, interprète de *Ça plane pour moi*, il anime une émission de télé idiote sur je ne sais plus quelle chaîne de télé française. Il est vrai qu'il est belge.

Réquisitoire contre Léon Zitrone

23 septembre 1982

Françaises, Français,
Belges, Belges,
Mon président mon chien,
Monsieur l'avocat le plus bas d'Inter,
Mesdames et messieurs les jurés,
Public chéri, mon amour.

Avant d'en venir directement au cas qui nous préoccupe aujourd'hui – qui vous préoccupe, devrais-je dire –, je voudrais faire d'abord une importante déclaration d'introduction liminaire, ce qui constitue, à l'évidence, un épouvantable pléonasme, qui passera Dieu merci inaperçu, la pratique et le bon usage de la langue étant tombés en désuétude à peu près partout, sauf, hélas, sur les sommiers infâmes où la jeunesse obtuse et ignare de ce pays moribond se livre sans vergogne à de sataniques ébats gymnasticatoires que la morale réprouve en dehors des liens sacrés du mariage par la seule grâce desquels l'homme et la femme, la main dans la main et la zigounette dans le pilou-pilou, iront sans mollir vers les matelas qui chantent.

Alors comme ça, bande de jurés sous-doués végétatifs gorgés d'inculture crasse et de Coca-Cola tiède, quand on vous parle d'« introduction liminaire », vous ne voyez pas où est le pléonasme ? Je suis même certain, monsieur Zitrone, qu'en m'entendant parler d'« introduction liminaire », la plupart de ces iconoclastes de la linguistique s'imaginent être tombés sur un cours de sodomie artisanale. J'ai dit « liminaire », pas luminaire ! Emmanchés que vous êtes !

Hélas, Dieu me tripote, hélas, hélas, qui, dans ce beau pays de France, sait encore parler, sans l'écorcher, la langue de nos pères, qui, à part nous deux Léon qu'on est les derniers, qui, dans cette époque que je serais été heureux d'y z'avoir pas vécu au niveau de l'inculture dont au sujet de laquelle je suis été si consterné.

Ah, vous pouvez rire, amputés de la syntaxe, diminués du vocable, handicapés de la sémantique, castrés du verbe, émasculés du subjonctif. (L'expression « émasculé du subjonctif » pourra vous surprendre, monsieur Zitrone, mais vous savez comme moi que, devant un subjonctif, il y a « que », et que dès qu'on coupe le « que » il y a émasculation.)

Comment osez-vous, consternants porte-drapeaux de l'indigence culturelle des temps modernes, comment osez-vous vous moquer de cet homme qu'on humilie aujourd'hui dans ce box alors que l'exemple du pur langage qu'il distille sur nos ondes et nos antennes constitue, à l'évidence, l'un des tout derniers remparts de l'Occident contre l'invasion barbare des charabias anglo-saxons ? Entendez-vous dans nos campagnes mugir ces féroces rosbifs ? Ils viennent jusque dans nos bras écorcher nos ouïes sous l'passe-montagne. Aux armes, citoyens !

J'en demande une nouvelle fois pardon à la défense passive, qui est matérialisée ici comme chaque jour par l'avocat le plus bas d'Inter ici présent, je devrais dire « ici absent », l'hibernation précoce dans laquelle il se fige avec soin constituant l'essentiel de son savoir-faire judiciaire, ainsi qu'il l'exprime présentement avec éclat, son maigre derrière rudement avachi sur l'oreiller en écailles de morue que sa tata Rodriguez lui envoie de Lisbonne en paquet fado. J'en demande pardon à la défense passive, disé-je, mais je vais une fois de plus devoir piétiner ses plates-bandes en prenant les partis de l'accusé. (Pardon, le parti : ah, vous voyez ce qui se passe quand on ne respecte pas la langue française : si je prends le parti de l'accusé, ça fait bien, si je prends les parties, ça fait mal.)

Non, mesdames et messieurs les jurés, non, je n'accablerai pas Léon Zitrone ! Bien sûr, il a fayoté à longueur de *Jours de France* avec les rois, les reines, les présidents, les Boussac, les chevaux, la reine d'Angleterre, Pompon, l'archi d'mes fesses du Luxembourg, le prince pipoté d'Andorre, le trouduc d'Orléans, la marquise de Pompe l'amour, le comte de la Roche-Faux cul, le chandelier de l'Échiquier, tous les faux régnants, du faux règne au père, foreign office, foreign du Saint-Esprit, amen.

Il a fait tout cela, le bougre ! Mais avec quel langage ! Quel vocabulaire ! C'est pourquoi je vous le demande en votre âme et conscience, mesdames et messieurs les jurés, peut-on raisonnablement en vouloir à un homme qui a su garder sa langue aussi belle qu'au premier jour après avoir léché tant de monde ?

Il y a onze rois encore en exercice dans les pays civilisés, mesdames et messieurs les jurés, sans ces onze rois et une poignée de propriétaires de chevaux moribonds qui se tassent de plus en plus sous leur haut-de-forme pour échapper au fisc et à la grippe espagnole, de quoi ce brave homme eût-il pu parler dans *Jours de France*, le journal des péteurs dans la soie ?

La seule fois qu'on a vu la photo pleine page d'un ouvrier dans *Jours de France*, c'était celle de Walesa ! Étonnant, non ? (Au fait, faudrait inviter Dassault avant qu'y meure !) Oui, ces mornes grabataires hippophiles, qui cliquettent dans leurs vieux os au soleil de Longchamp, sont les seules et ultimes pâtures journalistiques de l'accusé, avec, je le répète, les derniers rois fainéants du vieux monde, qui ne sont plus que onze, certes, mais est-ce sa faute à lui si les onze y trônent ?

Est-ce sa faute, à ce sympathique minaudeur mondain ? Sa charmante obséquiosité naturelle n'a-t-elle pas plus fait pour le prestige de la France dans le monde que Jojo Braquemiche pour le prestige de ma sœur rue Blondel ?

Talleyrand, qui savait nager sur le dos et ramper sur le ventre comme personne, Talleyrand qui était à l'opportunisme ce que Vatel fut à la queue, c'est-à-dire un maître (je le répète à l'intention des garçons de ferme et des étudiants en lettres qui nous écoutent par milliers et qui croient que Vatel est une eau minérale : on peut très bien vivre sans la moindre espèce de culture. Georges Marchais a fait – fait encore – une très belle carrière politique en restant persuadé que Haussmann, Malesherbes et périphérique sont des maréchaux d'Empire. En géographie, il est encore plus nul : il croit que Varsovie est dans la banlieue de Moscou).

Talleyrand, disé-je, Talleyrand qui avait oublié d'être con, sinon il aurait jamais pu être évêque, Talleyrand qui a servi de son vivant tous les princes qu'il a pu, Talleyrand qui a vécu tellement courbé qu'on a pu l'enterrer dans un carton à chapeau, Talleyrand qui trahissait Versailles comme on pète à Passy, c'est-à-dire sans bruit, c'est une licence poétique, Talleyrand, redis-je, sur son lit de mort, eut ce mot charmant à l'adresse de son fils Léon (c'est une coïncidence) qui attendait d'être assez grand pour pouvoir fayoter sous le Second Empire. Il lui dit ceci : « Mon enfant, en vérité je vous le dis, il vaut mieux éviter les peaux de banane en traversant le nouveau régime que traverser l'Ancien Régime en s'enfonçant des peaux de banane. »

Vous comprendrez aisément, mesdames et messieurs les jurés, que mon respect de la langue et du mot juste m'interdit de terminer par une déclaration liminaire. Je m'en tiendrai donc là, et vous servirai l'introduction du réquisitoire d'aujourd'hui dans la conclusion de celui de demain, si vous le voulez bien.

Léon Zitrone: Homme de télévision spécialiste du triple salto, de la vachette landaise, du mont Ventoux à vélo, des plans agraires soviétiques, de la couronne britannique et d'un peu tout ce qui reste.

Réquisitoire contre Jean-Marie Le Pen

28 septembre 1982

Françaises, Français,
Belges, Belges,
Extrémistes, extrémistes,
Mon président français de souche,
Mon émigré préféré,
Mesdames et messieurs les jurés,
Mademoiselle Le Pen, mademoiselle Le Pen,
Mademoiselle Le Pen, madame Le Pen,
Public chéri, mon amour.

Comme j'ai eu l'occasion de le démontrer ici même récemment, avec un brio qui m'étonne moi-même malgré la haute estime en laquelle je me tiens depuis que je sais qu'il coule en mes veines plus de 90 % de sang aryen, et moins de trois grammes de cholestérol, les débats auxquels vous assistez ici quotidiennement, mesdames et messieurs, ne sont pas ceux d'un vrai tribunal. En réalité, je le répète, ceci est une émission de radio. Qui pis est, une émission de radio dite comique. Ou au moins qui tente de l'être.

Alors le rire, parlons-en et parlons-en aujourd'hui, alors que notre invité est Jean-Marie Le Pen. Car la présence de monsieur Le Pen en ces lieux voués plus souvent à la gaudriole para-judiciaire pose problème.

Les questions qui me hantent, avec un H comme dans Halimi, sont celles-ci :

Premièrement, peut-on rire de tout ?

Deuxièmement, peut-on rire avec tout le monde ?

À la première question, je répondrai oui sans hésiter, et je répondrai même oui, sans les avoir consulter, pour mes coreligionnaires en subversions radiophoniques, Luis Rego et Claude Villers.

S'il est vrai que l'humour est la politesse du désespoir, s'il est vrai que le rire, sacrilège blasphématoire que les bigots de toutes les chapelles taxent de vulgarité et de mauvais goût, s'il est vrai que ce rire-là peut parfois désacraliser la bêtise, exorciser les chagrins véritables et fustiger les angoisses mortelles, alors, oui, on peut rire de tout, on doit rire de tout. De la guerre, de la misère et de la mort. Au reste, est-ce qu'elle se gêne, elle, la mort, pour se rire de nous ? Est-ce qu'elle ne pratique pas l'humour noir, elle, la mort ? Regardons s'agiter ces malheureux dans les usines, regardons gigoter ces hommes puissants boursouflés de leur importance, qui vivent à cent à l'heure. Ils se battent, ils courent, ils caracolent derrière leur vie, et tout d'un coup, ça s'arrête, sans plus de raison que ça n'avait commencé, et le militant de base, le pompeux PDG, la princesse d'opérette, l'enfant qui jouait à la marelle dans les caniveaux de Beyrouth, toi aussi à qui je pense et qui as cru en Dieu jusqu'au bout de ton cancer, tous, tous nous sommes fauchés un jour par le croche-pied rigolard de la mort imbécile, et les droits de l'homme s'effacent devant les droits de l'asticot. Alors quelle autre échappatoire que le rire, sinon le suicide ? Poil aux rides ?

Donc on peut rire de tout, y compris de valeurs

moins sacrées, comme par exemple, le grand amour que vit actuellement le petit roi inamovible de la défense passive, ici présent. Elle s'appelle Marika, c'est la seule Aryenne au monde qui peut le supporter, ce qu'on comprendra aisément quand on saura qu'il s'agit de la poupée gonflable en peau de morue suédoise que sa tata Rodriguez lui a envoyée de Lisbonne en paquet fado.

Deuxième question : peut-on rire avec tout le monde ?

C'est dur... Personnellement, il m'arrive de renâcler à l'idée d'inciter mes zygomatiques à la tétanisation crispée. C'est quelquefois au-dessus de mes forces, dans certains environnements humains : la compagnie d'un stalinien pratiquant me met rarement en joie. Près d'un terroriste hystérique, je pouffe à peine, et la présence à mes côtés d'un militant d'extrême droite assombrit couramment la jovialité monacale de cette mine réjouie dont je déplore en passant, mesdames et messieurs les jurés, de vous imposer quotidiennement la présence inopportune au-dessus de la robe austère de la justice sous laquelle je ne vous raconte pas. Attention, ne vous méprenez pas sur mes propos, mesdames et messieurs les jurés : je n'ai rien contre les racistes, c'est le contraire, comme dirait mon charmant ami le brigadier Georges Rabol qui, je le précise à l'intention des auditeurs qui n'auraient pas la chance d'avoir la couleur, est presque aussi nègre que pianiste. Dans *Une journée particulière*, le film d'Ettore Scola, Mastroianni, poursuivi jusque dans son sixième par les gros bras mussoliniens, s'écrie judicieusement à l'adresse du spadassin qui l'accuse d'antifascisme : « Vous vous méprenez, monsieur : ce n'est pas le locataire du sixième qui est anti-fasciste, c'est le fascisme qui est anti-locataire du sixième. »

« Les racistes sont des gens qui se trompent de colère », disait avec mansuétude le président Senghor, qui est moins pianiste mais plus nègre que Georges Rabol. Pour illustrer ce propos, je ne résiste pas à l'envie de vous raconter une histoire vraie, monsieur Le Pen, cela nous changera des habituelles élucubrations névropathiques inhérentes à ces regrettables réquisitoires.

Je sortais récemment d'un studio d'enregistrement, accompagné de la pulpeuse comédienne Valérie Mairesse avec qui j'aime bien travailler, non pas pour de basses raisons sexuelles, mais parce qu'elle a des nichons magnifiques.

Nous grimpons dans un taximètre sans bien nous soucier du chauffeur, un monotone quadragénaire de type romorantain, couperosé de frais, et poursuivons une conversation du plus haut intérêt culturel, tandis que le taxi nous conduit vers le Châtelet. Mais, alors que rien ne le laissait prévoir, et sans que cela ait le moindre rapport avec nos propos, qu'il n'écoutait d'ailleurs pas, cet homme s'écrie soudain :

« Eh ben moi, les Arabes, j'peux pas les saquer. »

Ignorant ce trait d'esprit sans appel, ma camarade et moi continuons notre débat. Pas longtemps. Trente secondes plus tard, ça repart :

« Les Arabes, vous comprenez, c'est pas des gens comme nous. Moi qui vous parle, j'en ai eu comme voisins de palier pendant trois ans. Merci bien. Ah, les salauds ! Leur musique à la con, merde. Vous me croirez si vous voulez, c'est le père qu'a dépucelé la fille aînée ! Ça, c'est les Arabes. »

Ce coup-ci je craque un peu et dis :

« Monsieur, je vous en prie. Mon père est arabe.

– Ah bon ? Remarquez, votre père, je dis pas. Il y en a des instruits. On voit bien que vous êtes propre et tout. D'ailleurs je vous ai vu à Bellemare. »

A l'arrière, bringuebalés entre l'ire et la joie, nous voulons encore ignorer. Las ! La pause est courte.

« Oui, votre père, je dis pas. Mais alors les miens d'Arabes, pardon. Ils avaient des poulets vivants dans l'appartement, et ils leur arrachaient les plumes rien que pour rigoler. Et la cadette, je suis sûr que c'est lui aussi qui l'a dépucelée. Ça s'entendait. Mais votre père, je dis pas. De toute façon, les Arabes, c'est comme les juifs. Ça s'attrape que par la mère. »

Cette fois, je craque vraiment :

« Ma mère est arabe.

– Ah bon ? Alala, la Concorde, à cette heure-là, y a pas moyen. Avance, toi, eh connard ! Mais c'est vert, merde. Retourne dans ton 77 ! Voyez-vous, monsieur, reprend-il, à mon endroit, à mon derrière, voulez-vous que je vous dise ? Il n'y a pas que la race. Il y a l'éducation. C'est pour ça que votre père et votre mère, je dis pas. D'ailleurs, je le dis parce que je Le Pense, vous n'avez pas une tête d'Arabe. Ça, c'est l'éducation. Remarquez, vous mettez un Arabe à l'école, hop, y joue du couteau. Et il empêche les Français de bosser. Voilà, 67, rue de la Verrerie, nous y sommes. Ça nous fait trente-deux francs. »

Je lui donne trente-deux francs.

« Eh, eh, vous êtes pas généreux, vous alors, et le pourliche !

– Ah, c'est comme ça, me vengé-je enfin, je ne donne pas de pourboire aux Blancs ! »

Alors cet homme, tandis que nous nous éloignons vers notre sympathique destin, baisse sa vitre et me lance :

« Crève donc, eh, sale bicot. »

À moi qui ai fait ma première communion à la Madeleine !

Voilà, mesdames et messieurs les jurés, voilà un homme qui se trompait de colère. Le temps qui m'est imparti socialiste, mais pas national, c'est toujours ça de pris, ainsi que la crainte de quitter mon nez rouge pour sombrer dans la démonstration politico-philosophique m'empêchent de me poser avec vous la question de savoir si ce chauffeur de taxi était de la race des bourreaux ou de la race des victimes, ou des deux, ou plus simplement de la race importune et qui partout foisonne, celle, dénoncée par Georges Brassens, des imbéciles heureux qui sont nés quelque part :

> Quand sonne le tocsin sur leur bonheur précaire,
> Contre les étrangers, tous plus ou moins barbares,
> Ils sortent de leur trou pour mourir à la guerre,
> Les imbéciles heureux qui sont nés quelque part.

Aussi bien laisserai-je maintenant la parole à mon ami Luis Rego, qui poussa naguère, ici même, le plus troublant des cris d'alarme : « Les chiffres sont accablants : il y a de plus en plus d'étrangers dans le monde. »

Jean-Marie Le Pen : Ce vieil homme politique d'extrême droite a le don singulier de rendre sérieux les rigolos les plus chevronnés. La preuve.

Réquisitoire contre Huguette Bouchardeau

6 octobre 1982

Françaises, Français,
Belges, Belges,
Stéphanipontaines, Stéphanipontains,
Mon président mon chien,
Maître, ou ne pas mettre, voilà la question,
Madame l'ex-future présidente,
Mesdames et messieurs les jurés,
Public chéri, mon putain d'amour.
Bonjour ma hargne, salut ma colère, et mon courroux... coucou.

Certes, le cas d'Arlette Laguiller ici présente est extrêmement préoccupant. J'entends par là que je comprends, monsieur le président, maître, mesdames et messieurs les jurés, que ce cas vous préoccupe. En revanche, en ce qui me concerne, je vous ferai la fameuse réponse de Vendredi à Robinson Crusoé qui lui demandait de faire tomber des noix de coco en remuant le tronc d'arbre : « J'en ai 'ien à secouer, connard, c'est un bananier. » Je souligne en passant qu'il était extrêmement rare, à l'époque, de voir un homme de couleur s'adresser sur ce ton à un navigateur britannique. Il faut savoir cependant que les relations entre Robinson et Vendredi avaient assez vite atteint un degré d'intimité qui autorisait ce genre de coups de boutoir faits à la bienséance, si j'ose m'exprimer ainsi.

Tandis que je parle ainsi, je vois bien que s'allume dans votre œil, monsieur le président, la flamme de l'intelligence qu'attise votre intense passion pour la vérité historique. Croyez bien que je ne suis pas insensible à votre soif de culture, à vous, monsieur le président, et à tout le monde ici, excepté, il est vrai, l'incroyable farfadet, ankylosé du bavoir, qui broute ici son ennui, en agressant mollement ses parasites crâniens grâce au peigne à poux en épine dorsale de morue que sa tata Rodriguez lui a envoyé de Lisbonne en paquet fado.

Eh bien, puisque vous insistez tant, mesdames et messieurs – non, n'insistez plus, vous me gênez –, je m'en vais vous conter la vraie et pathétique histoire de Robinson et Vendredi.

Seul sur son île depuis plus de vingt ans, Robinson s'ennuie. Sa détresse morale, sentimentale et sexuelle est immense. Pourtant, au début, il s'est farouchement accroché aux choses de l'Esprit, « l'Esprit » étant le nom de son cochon sauvage. Ne ménageant pas sa peine, il a amoureusement tissé de ses mains des porte-jarretelles en fibre de coco dont il a revêtu sa tortue de mer, suivant le schéma mental qu'allaient utiliser trois cents ans plus tard les plus grands trouducologues américains pour réanimer les pulsions vacillantes de leurs clients. Puis Robinson a tenté de réinventer le strip-tease, plumant sa vieille perruche en chantant « Déshabillez-moi, déshabillez-moi, mais pas tout de suite… », mais, je vous le demande, une vieille perruche à plumes vaut-elle une vieille poule à poils ? Non !

À la fin, Robinson était tellement obsédé qu'il sautait, j'ose à peine le dire, il sautait même des repas. Alors il a sombré dans la déprime. Et puis, miracle ! Il fait un temps radieux, ce 17 mai 1712, à midi, quand Robinson Crusoé arpente la face nord de son île. La mer est calme, le ciel d'un bleu limpide promène çà et là la mince écharpe de soie d'un léger cumulus (si quelqu'un, dans l'auditoire, s'estime en mesure de prouver le contraire, qu'il écrive sans plus attendre à Luis Rego, le Courrier des Imbéciles, France Inter, 116, avenue du Président-Kennedy, Paris 16e).

Robinson est soucieux. Son large front, buriné par vingt années d'un soleil abrupt, où le vent du large fait trembler ses mèches blondes de plébéien gaélique décolorées par le sel et ternies par l'âpre amertume de l'iode marin, ce large front, chargé de vingt ans de souvenirs et de sombre mélancolie, se barre d'un pli soucieux qui va de là à là, voir figure 1. Qui dira la souffrance de cet homme exilé loin de sa terre anglaise, loin de sa femme anglaise, loin de sa semaine anglaise, loin de son assiette anglaise ? Malgré la chaleur intense, il a froid, Robinson, froid d'un froid intérieur qui lui vient de l'âme et qu'il ne parvient pas à vaincre, même en relevant le col de sa capote écossaise. Il est au bord du désespoir, car maintenant, ce n'est plus seulement son front qui se barre, c'est son caleçon de laine (anglaise), son large caleçon long, buriné par vingt années d'un soleil abrupt, où le vent du large fait trembler ses mèches blondes de plébéien gaélique décolorées par le sel et ternies par l'âpre amertume de l'iode marin, ce large caleçon, chargé de vingt années de souvenirs et de sombre mélancolie, se barre tristement et glisse sans grâce sur ses larges genoux de plébéien gaélique décolorés par le sel. Soudain, Robinson dresse l'oreille, entre autres. Ce qu'il a entendu, il ne peut le croire ! Non ! C'est... c'est impossible... c'est... c'est fou... ce serait trop beau, trop extraordinaire ! Et pourtant... Mes chers amis, je vous retrouve après une page de publicité.

Merci ! Mes chers amis, pour ceux qui prennent l'émission en route, je rappelle qu'il fait un temps radieux, ce 17 mai 1712 à midi alors que Robinson Crusoé arpente la face nord de son île tandis que son front et son caleçon se barrent, respectivement d'un pli soucieux et sur ses genoux, le tout extrêmement buriné.

Soudain, Robinson dresse quoi ? L'oreille. Non, il ne rêve pas. Après vingt années de solitude totale sur cette île, alors qu'il n'espérait plus jamais voir un être humain, c'est bien une voix humaine qui monte vers le ciel, psalmodiant gaiement cette mélopée sauvage qui pour Robinson, à cet instant, vaut toutes les sonates de Mozart, qui n'était d'ailleurs sûrement pas né en 1712, mais je m'écarte du sujet alors que, pour reprendre les termes de monsieur Michel Debré : « Ce n'est pas en s'écartant du sujet qu'on va repeupler la France. »

Par-dessus l'ample rideau de liane de la forêt vierge, la voix se rapproche. À présent, Robinson en est certain. Ou bien c'est un homme, ou bien c'est un nègre ! Écoutons :

(*Musique des* Feuilles mortes)
Moi y en a vouloi' toi y te souviennes
Li jou z-heu'eux toi y en a mon z'ami
En ci-temps là, ma doudou li plus belle

Et son derrière plus b'ûlant qu'aujourd'hui.
Mes 'oubignolles se ramassent à la pelle
Toi y en as failli marcher d'ssus
Mes 'oubignolles se ramassent à la pelle
Les souveni' et le reg'ets, mon cul.

À cette musique divine, Robinson ne se sent plus de joie. Un immense frisson d'espoir le parcourt de là à là, voir figure 2. Il se retourne. Et, là, émergeant soudain entre les troncs nacrés de deux platanes dont on est en droit de se demander ce qu'ils foutaient là à quinze mille bornes d'Aix-en-Provence, apparaît, nu comme un dieu et beau comme un ver, ou le contraire, c'est comme vous voudrez, un être magnifique, mi-homme, mi-nègre. Sa large bouche gourmande aux lèvres charnues, à l'ourlet délicatement boursouflé, semblant plus faite pour le baiser que pour l'arrachage des betteraves sucrières, se barre d'un pli soucieux qui va de là à là, voir figure 3.

Robinson n'y tient plus. Prenant son courage et son caleçon à deux mains, si vous le voulez bien, il se précipite vers l'homme. Mais celui-ci prend peur. C'est la première fois de sa vie qu'il voit un homme blanc. Il tente de fuir vers la forêt, mais Robinson, enfin débarrassé de ses angoisses et de son putain de calebar, court plus vite encore. Trop affolé pour regarder où il met les pieds, l'inconnu se prend la jambe dans une liane. Il s'étale de tout son long. Complètement terrorisé, il se retourne vers son poursuivant… Mais c'est un large sourire qui vient aux lèvres de Robinson qui s'approche du malheureux sauvage terrorisé, et qui, mettant un genou en terre, se penche vers ce pauvre homme et dit : « Vous avez votre carte de séjour ? »

Tels furent, mesdames et messieurs, mes chers amis, les premiers mots de Robinson Crusoé à celui qui allait s'appeler Vendredi. Pourquoi « Vendredi » ? Ce sera l'objet d'une prochaine émission, ça suffit pour aujourd'hui. En attendant, voici maintenant une page de publicité pour les olives au porto et la morue fumée à la lisbonnaise.

Huguette Bouchardeau : Candidate à la présidence de la République en 1981, Huguette, c'était déjà un peu Arlette, mais au PSU on préférait les petits-fours aux merguez.

Réquisitoire contre Pierre Troisgros

7 octobre 1982

Françaises, Français,
Charlottes, Charlots,
Mesdames et messieurs les jurés,
Public chéri, mon amour.
Bonjour ma colère, salut ma hargne, et mon courroux… coucou.

Oui, oui, je le sens bien. Ce n'est plus le moment de rire. Je le devine dans tous ces regards de Clermont-Fernandes-z-et de Clermont-Fernands, mesdames et messieurs, vous vous dites : « Mon Dieu, est-ce qu'il va nous donner la fameuse recette du cheval Melba ? » Eh bien, oui : le secret de Troisgros, le succulent cheval Melba, en voici la recette !

Tout d'abord, il faut savoir, et monsieur Troisgros ici présent vous le confirmera, chaque grande recette de cuisine a une origine historique qui vaut d'être contée.

Le cheval Melba.

Au siècle dernier, le duc Jean-Edern Poirot-Delpech-Melba vivait en concubinage avec son cheval Revient. Le cheval, ce fier bestiau, qui est la plus noble conquête de l'homme ! Tu parles ! Vous savez pourquoi l'homme aime le cheval ? Parce que le cheval ne se révolte pas quand des nains bariolés lui balancent des coups d'éperon dans le bide tous les dimanches pour enrichir des connasses emperlouzées avec les primes d'allocations familiales des chômeurs. C'est le sport national français ! Le cheval du duc portait toujours un collant qui lui maintenait les prunes dans les courses de haie. « Je te préférerais avec des bas », lui dit un jour le duc, qui était obsédé, ou alors dites tout de suite que c'est moi.

Nenni, dit le cheval, car le cheval nennit, de même que la caille carcouille, la huppe pullule et le loup glapit. « Mets-l'bas ! Mets-l'bas ! » insistait le duc. Et comme le cheval refusait toujours, il le tua, et le méchant duc le mangea mais de toute façon ils n'auraient pas eu beaucoup d'enfants, et voilà, bonne nuit les petits.

Vous prenez maintenant votre crayon et vous notez.

Pour bien réussir le cheval Melba, prenez un cheval. Un beau cheval. Le poil doit être lisse, c'est un signe de bonne santé. L'œil doit être vif, éveillé, et on doit y sentir, dans cet œil de cheval, ce regard indéfinissable, plein de tendresse débordante et de confiance éperdue dans l'homme dont ces cons d'animaux ne se départissent habituellement qu'aux portes des abattoirs. Donc, prenez un cheval. Comptez environ huit cents kilos pour mille deux cents personnes. Pendant qu'il cherche à enfouir son museau dans votre cou pour un câlin, foutez-y un coup de burin dans la gueule. Attention ! Sans le tuer complètement : le cheval, c'est comme le homard ou le bébé phoque, faut les cuire vivants, pour le jus, c'est meilleur ! Bon. Réservez les os et les intestins pour les enfants du tiers-monde. Débarrassez ensuite la volaille de ses poils, crinière, sabots et de tous les parasites qui y pullulent, poux, puces, jockeys, etc.

Réservez les yeux. Mettez-les de côté, vous les donnerez à bébé pour qu'il puisse jouer au tennis sans se blesser, car l'œil du cheval est très doux.

Préparez pendant ce temps votre court-bouillon, avec sel, poivre, thym, laurier, un oignon, clou de girofle, persil, pas de basilic, une carotte et un mérou qui vous indiquera, en explosant, la fin de la cuisson à feu vif, comme pour la recette du chat grand veneur : quand le chat pète le mérou bout et quand le chat bout le mérou pète.

Quand l'eau commence à frémir, le cheval aussi. Attention : s'il est rouge, c'est un homard. Si le cheval se sauve, faites-le revenir avec une échalote dans une cuillerée à soupe d'huile d'olive ou, si c'est un cheval arabe, dans une demi-cuillerée d'huile d'AAHHARA-CHID !

À l'aide d'une écumoire, chassez le naturel, s'il revient au galop, c'est que vous avez vraiment mal ajusté votre coup de burin : il faut toujours vérifier l'assaisonnement – et PAN dans la gueule. À mi-cuisson, passez au chinois. Si vous n'avez pas de Chinois, passez au nègre. Éteignez la cuisson. Mais ne sortez pas encore le cheval Melba de la casserole. Laissez-le Marinella.

Pour accompagner cette délicieuse recette, je vous conseille un saint-émilion léger, Corbin Michotte 78, par exemple. En tout cas, pas d'eau ! Jamais d'eau !

J'en profite pour préciser ma pensée. Il y a quelques jours, j'ai parlé ici de deux livres qui dénonçaient les méfaits de l'eau : *Faut-il euthanasier les aquaphiles ?*, aux éditions Laffont-La Caisse, et *La mort sort du robinet*, aux éditions la France Empire et la Cirrhose aussi. Et voici un court extrait de ce dernier ouvrage :

1. QU'EST-CE QU'UN AQUAPHILE ?

L'aquaphile est un être asocial. À première vue, il a l'aspect d'un homme normal, mais quand on lui présente un verre de pauillac 1947, il le repousse et réclame un verre d'eau. Ceci constitue à l'évidence une manifestation de démence aiguë. En effet, une analyse approfondie d'un verre d'eau m'a permis de constater, avec effarement, que ce liquide est exclusivement composé d'oxygène et d'hydrogène, deux produits chimiques extrêmement dangereux, car l'hydrogène brûle, et l'oxygène gêne.

En s'adonnant ainsi à l'eau, l'aquaphile se conduit comme une bête. Pire : comme une plante, son comportement évoquant assez fidèlement celui de l'anémone, à cette différence près que l'anémone boit par la queue. Ne me faites pas dire ce que je n'ai pas dit, je ne parle pas de l'ex-présidente de la République, mais de la fleur.

2. QUI EST AQUAPHILE EN 1982 ?

D'après les chiffres de l'INSEE, 40 % des communistes et 75 % des membres du fan-club de Julio Iglesias sombrent régulièrement dans l'eau en carafe, à la recherche vaine d'on ne sait quel paradis artificiel. Je dis « paradis artificiel », car en effet, que reste-t-il, une fois dissipée la fugace euphorie qu'accompagne l'absorption du verre d'eau ? Rien d'autre que l'insupportable angoisse d'une nouvelle journée qui commence sans amour, sans joie, sans chaleur humaine, bref : sans pinard.

3. L'AQUAPHILE : UN MALADE OU UN CRIMINEL ?

On peut affirmer avec certitude que les plus grands

criminels de l'Histoire, d'Attila à Pierre Desgraupes, ont été, ou sont, de grands buveurs d'eau.

Ravaillac : ses dernières paroles, avant de mourir écartelé, ont été : « Donnez-moi un verre d'eau, je sens que je vais craquer. »

Hitler : il avalait quelquefois jusqu'à cinq litres d'eau par jour. Certes, on ne peut affirmer qu'il fut un grand criminel, mais comme peintre, il était nul. D'autre part, à Vichy, Pétain buvait de l'Évian. Et à Évian, les fellouzes buvaient du Vittel. Quant aux accidents de chemin de fer dus aux excès d'eau, c'est horrible. Une voie, deux trains, trois raisons de boire Contrexéville ? BOUM !

Oui. J'irai plus loin. J'affirme que même lorsqu'on ne la consomme pas, l'eau est un fléau. Dès 1590, Sully fut le premier à remarquer que les inondations, cet autre fléau, pouvaient être provoquées par un excès d'eau. Ce qui l'amena à noter, dans ses *Mémoires des sages* : Labourage et pâturage sont dans un bateau. Labourage tombe dans l'eau, qu'est-ce qui reste ?

Donc Troisgros est coupable, mais son avocat vous en convaincra mieux que moi.

Pierre Troisgros : Question taraudante : le grand cuisinier aurait-il eu autant de succès s'il s'était appelé Quatremaigres ?

Réquisitoire contre Roger Coggio

11 octobre 1982

Ah, quelle joie d'être à Poitiers et de collaborer, ici, place du Maréchal-Pétain !...
Françaises, Français,
Belges, Belges,
Poitevins, Poitevines,
Poids lourds, poids plumes,
Monsieur le rempailleur de vieux mythes,
Mesdames et messieurs les jurés,
Public chéri, mon amour.
Bonjour ma hargne, salut ma colère, et mon courroux... coucou.

Ah, cornegidouille, si j'étais le Bon Dieu ou Jaruzelski ! Si au lieu d'être ce misérable bipède essentiellement composé de 65 % d'eau et 35 % de bas morceaux, si je détenais la Toute-Puissance infinie ! Ah, Roger Coggio, avec quelle joie totale j'userais de ma divine volonté pour vous aplatir, vous réduire, vous écrabouiller, vous lyophiliser en poudre de perlimpinpin ou vous transformer en rasoir jetable. Ah, certes, Roger Coggio, vous êtes dur à jeter, mais comme rasoir vous êtes très efficace !

Roger Coggio, mesdames et messieurs les jurés, a un point commun avec son illustre idole Jean-Baptiste

Poquelin : ils sont morts tous les deux. À cette différence près que le second restera encore vivant dans la mémoire des hommes, grâce à son immense génie créatif, alors que le premier ne laissera pas plus de trace dans le souvenir culturel de l'humanité que le photocopieur IBM qui lui sert de seul et unique talent pour se gaver de l'esprit du second, comme le ridicule oiseau pique-bœuf se goinfre à l'œil sur le dos de l'énorme hippopotame !

S'il vous plaît, monsieur Coggio, voyez les choses en face. Vous n'existez pas ! Vous êtes figé ! Vous êtes gelé ! Vous êtes surgelé ! Ce n'est pas un homme que nous jugeons ici, c'est un dindonneau surgelé en barquette du père Dodu ! Alors, je vous le demande, allons-nous encore longtemps laisser les dindonneaux surgelés nous servir du réchauffé ? Ras-le-bol les Roger Coggio, les Robert Hossein et autres ravaleurs besogneux du talent des autres ! Il y en a marre des discours cul-pincés des soi-disant détenteurs de la culture qui se vautrent sans vergogne sur les cadavres de Molière, de Marivaux, d'Hugo, de Zola ou de Maupassant dont ils sucent le sang séché jusqu'à nous faire vomir, après quoi, pédants et pontifiants comme de vieux marquis trop poudrés, ils courent pérorer dans les gazettes, expliquant leur vampirisme en s'offusquant hypocritement de ce qu'ils appellent « le désert culturel de cette génération, merde quoi ! ».

C'est faux ! Bande de nécrophages. Il n'y a aucune raison logique pour qu'il y ait moins de talent créateur au XXe siècle qu'aux siècles précédents. Ce qui est vrai, c'est que ces vautours salonnards sous-doués, sans autre imagination que celle des morts qu'ils déterrent, détiennent abusivement les clés de la création artistique de ce pays, et qu'ils préféreraient crever plutôt que de laisser la moindre chance d'exister aux nouveaux Molière, aux nouveaux Léon Bloy, aux nouveaux Chaplin, qui se gèlent les couilles et l'âme aux portes closes des producteurs cinémaniaques, des théâtreux décrépits, ou des PDG des chaînes de télé engoncés dans leur conformisme fossile comme des fémurs de mammouth dans la banlieue de Verkhoïansk.

Vous vous croyez peut-être au zénith de votre carrière, messieurs, non, monsieur Coggio. Vous vous trompez. De même qu'il y a des enfants précoces, il y a des vieillards précoces. Alors même qu'il vous semble vous hisser glorieusement au pinacle des arts nouveaux, vous ne faites, en réalité, que dégringoler doucement dans les charentaises du troisième âge. Rien qu'à vous voir, monsieur Coggio, on a envie de vous ôter la prostate.

Attention : qu'on ne vienne pas me taxer de racisme anti-vieux. Non seulement je respecte nos chers anciens – hein maman ? – mais, qui pis est, moi-même, je ne me sens plus très jeune. Il y a même des moments où je me demande si je ne finirai pas par mourir un jour, bien que, Dieu merci, cette hypothèse épouvantable m'apparaisse pour l'heure aussi improbable qu'une rencontre avec un lavabo qui ferme dans un hôtel de Poitiers !

J'aime les vieux, je suis celui qui tient la main qui tremble des vieux de Brel, qui s'excusent déjà de n'être pas plus loin. Je vous aime, papy Coggio. Mais, de grâce, prenez votre retraite, allez réchauffer vos vieux os dans un mouroir à intellos racornis, allez voir à l'Académie française si j'y suis ! Mais regardez-vous ! Vous êtes déjà incontinent ! Vous faites Molière sous vous ! On ne va quand même pas vous mettre une bambinette ou vous ligaturer le Scapin ! Et puisque ce réquisitoire s'est ouvert sous le signe de la gérontocratie, je ne résiste pas, mesdames et messieurs, à l'envie de vous lire la lettre ouverte que je viens d'adresser aux deux plus dangereux brontosaures semi-grabataires de la planète, que le gâtisme rend de plus en plus désarmants et leur ambition sénile de moins en moins désarmés :

Cher monsieur Brejnev, cher monsieur Reagan,
On fixe le début de la vieillesse à 60 ans. Mais cette phase de déchéance progressive de l'organisme varie avec le genre de vie.
Les manifestations de la vieillesse sont :
Diminution de la souplesse de la peau
Rides
Blanchissement et perte des cheveux
Usure des dents
Presbytie compliquée d'opacité du cristallin
Affaissement de la voix qui devient « cassée »
Surdité partielle ou totale
Abaissement de la température du corps
Perte progressive du sommeil
Durcissement des artères.
Le processus pathologique de la vieillesse est appelé « sénilité ». Chez les vieillards séniles apparaissent des troubles du langage, de la mémoire, et un affaissement notable des capacités intellectuelles, notamment la capacité d'analyse et de synthèse. La pensée se referme peu à peu sur elle-même, devient bornée et obstinée, avec des périodes d'incohérence de plus en plus nombreuses. C'est ce qu'on appelle vulgairement le gâtisme.

La sénilité n'est pas une maladie contagieuse, mais elle peut néanmoins avoir des retombées néfastes pour l'entourage, notamment quand le vieillard sénile dispose d'un armement thermonucléaire important.

Donc, plus coupable que Coggio y a pas.

Roger Coggio : Quand elle a su que son film tiré du *Bourgeois gentilhomme* était financé par la Fédération de l'Éducation nationale, la section CGT des élèves de CM2 a exigé que le temps passé au cinéma soit déduit du quota des heures de cours.

Réquisitoire contre François de Closets

12 octobre 1982

Françaises, Français,
Belges, Belges,
Nantonoises, Nantonoirs,
Mon président mon petit chien,
Maître ou ne pas mettre,
Consternante raclure du barreau de mes deux chaises,
Monsieur le metteur des pieds dans le petit plat
dans les grands,
Mesdames et messieurs les jurés,
Public chéri, mon amour.
Bonjour ma colère, salut ma hargne, et mon courroux…
coucou.

Point n'est besoin, mesdames et messieurs, de voir et d'écouter longtemps l'accusé François de Closets ici présent pour se rendre à l'évidence : c'est un garçon. Quant à la question que nous nous posons tous, elle est la suivante : vous vous demandez, je me demande, il ou elle se demande, nous nous demandons tous si, oui ou non, Nantes est bien en Bretagne.

La somme des recherches que j'ai entreprises dans ce domaine est considérable, et pas seulement de lapin.

Pour savoir si Nantes est bien en Bretagne, mesdames et messieurs les jurés, nous allons procéder scientifiquement. Car c'est seulement de la science que peut jaillir la lumière ! Cela nous le savons, et pas seulement de Marseille. François de Closets le sait bien, lui, que sans la science l'homme ne serait qu'un stupide animal sottement occupé à s'adonner aux vains plaisirs de l'amour dans les folles prairies de l'insouciance, alors que la science, et la science seule, a pu, patiemment, au fil des siècles, lui apporter l'horloge pointeuse et le parcmètre automatique sans lesquels il n'est pas de bonheur terrestre possible. Sans la science, misérables vermisseaux humains, combien d'entre vous aujourd'hui connaîtraient Maître Capello ? N'est-ce pas grâce aux progrès fantastiques de la science qu'aujourd'hui l'homme peut aller en moins de trois heures de Moscou à Varsovie ? Et s'il n'y avait pas la science, malheureux cloportes boursouflés d'ingratitude aveugle et d'ignorance crasse, s'il n'y avait pas la science, combien d'entre nous pourraient profiter de leur cancer pendant plus de cinq ans ? N'est-ce pas le triomphe absolu de la science que d'avoir permis qu'aujourd'hui, sur la seule décision d'un vieillard californien impuissant ou d'un fossile ukrainien gâteux, l'homme puisse en moins d'une seconde faire sauter quarante fois la planète sans bouger les oreilles ?

Ce n'est pas moi qui l'affirme, Dieu me tripote, c'est Fucius qui l'a dit et il avait oublié d'être con : « Une civilisation sans la science, c'est aussi absurde qu'un poisson sans bicyclette. »

Aussi bien allons-nous procéder scientifiquement !

Pour savoir si Nantes est bien en Bretagne, prenons une Nantaise. Une belle Nantaise. L'œil doit être vif, le poil lisse. Portons-la à ébullition. Que constatons-nous ? Nous constatons que la Nantaise est biodégradable. De cette expérience, nous pouvons immédiatement tirer une conclusion extrêmement riche en enseignements, que je résumerai en une phrase : « Nantaise bouillue, Nantaise foutue. »

C'est prodigieusement intéressant, direz-vous, pour peu que vous soyez complètement tarés, mais cela ne nous dit pas avec précision si la Nantaise est bretonne, ou con, ou les deux. Qu'à cela ne tienne. Nous allons procéder à une seconde expérience. Pour cette expérience, nous n'aurons pas besoin d'une Nantaise. Son petit chat suffira (quand je dis le chat je pense au minou). En effet, comme tout le monde le sait, les chats authentiquement bretons sont les seuls chats au monde qui transpirent. Si nous arrivons à démontrer que les chats de Nantes transpirent, nous aurons par là même prouvé au monde stupéfait par tant de rigueur scientifique que les chats de Nantes sont bretons. Or, si leurs chats sont bretons, les Nantaises aussi, ou alors y a de quoi se flinguer.

Donc prenons un chat nantais. À l'aide d'un entonnoir que nous lui enfonçons dans la bouche, gavons-le de deux ou trois litres de White Spirit. Attention : la pauvre bête va souffrir atrocement, c'est pourquoi nous vous conseillons de lui couper préalablement les pattes, ou de mettre des gants de cuir avant de commencer le gavage. Quand minou est gonflé de White Spirit, prenons un mérou, un mérou que nous appellerons François parce que certains l'appellent François. Portons-le à ébullition. Tandis que le mérou bout, approchez-vous du chat. Enflammez une allumette. Que se passe-t-il ? Eh bien, c'est simple, quand le mérou bout, le chat… pète, alors qu'au contraire quand le chat bout, le mérou…

Alors, alors, bandes de nullités ignares, qu'est-ce que cela prouve, scientifiquement ? Tout simplement, cela prouve à l'évidence que le chat nantais est bien un chat breton. Car si ce chat gavé d'essence explose près d'une flamme cela prouve bien qu'il transpire, non ? Et s'il transpire (CQFD), c'est qu'il s'agit bien d'un chat breton, car seuls les chats véritablement bretons sont poreux, comme le souligne magnifiquement le magnifique hymne de la Bretagne libre *(chantant)* : « Ils ont des chats poreux, vive la Bretagne. Ils ont des chats poreux, vive les Bretons. » C'est pourquoi, si tant est que d'aucuns en douteraient encore, la preuve est maintenant faite : François de Closets est coupable.

Une étude approfondie de son prénom nous en dirait long sur les tendances caractérielles de ce sinistre cuistre ricanant qui cache hypocritement sous un constant sourire de bienséance toute la rouerie benoîte et compassée inhérente à la plupart des François. Attention, Dieu me tripote ! Qu'on ne me fasse pas dire ce que je n'ai pas dit. J'ai dit « la plupart ». Et je le maintiens : la plupart des François sont fourbes. Mais pas tous ! Il y en a d'autres qui sont cons.

Et puis, d'ailleurs, quel crédit scientifique accorder à ces méthodes soi-disant analytiques ou pseudo-psychologiques qu'utilisent ces sorciers des temps nouveaux que sont les faux médiums, les astrologues de gouttière, et toutes ces voyantes presbytes et boule en main, qui caressent leur vieux chat qui bâille en s'excitant sur votre Uranus au creux des boudoirs infâmes de leurs sanctuaires impies.

Non. Chères Nantonoises, chers Nantonoirs, non, croyez-moi, seule la science est digne de foi, et c'est par la science que l'homme triomphera de ses misères.

Les deux tiers des enfants du monde meurent de faim, alors même que le troisième tiers crève d'un excès de cholestérol. C'est scientifiquement que nous sauverons ces enfants, il le faut, car c'est un devoir sacré, il faut que ces enfants vivent ! Il nous faut leur ouvrir nos bras et nos cœurs, il nous faut les accueillir maintenant, vite, et n'importe où – mais pas chez moi, y a pas la place à cause du piano.

Avant de céder la parole à Pinocchio, mesdames et messieurs, je voudrais une ultime fois saluer ici les hommes qui ont fait avancer la science dans le monde.

Gloire à toi, Archimède, qui fus le premier à démontrer que quand on plonge un corps dans une baignoire, le téléphone sonne.

Gloire à Li yu Fang, qui inventa le thé au jasmin, à Pythagore, qui inventa le thé au rhum !

Gloire à Galilée, qu'on torture pendant que Coper nique !

Gloire à Pasteur, qui combat les enragés, et à Roux, qui combat l'osier !

Gloire à Maurice Ravel, qui enfanta d'un seul coup du boléro sans manches et de l'adagio d'Albicoco, et gloire enfin à monsieur William Saurin, qui a plus fait pour le haricot vert filandreux que Thomas Edison pour la télégraphie sans fil.

Donc François de Closets est coupable, mais son avocat vous en convaincra mieux que moi.

François de Closets : Ce journaliste scientifique a entrepris de dénoncer les abus de l'administration quand il a appris que les éboueurs du 16e arrondissement avaient droit à DEUX douches par jour.

Réquisitoire contre Alan Stivell

13 octobre 1982

Françaises, Français,
Belges, Belges,
Vaniticases, Vaniticais,
Mon Massif central,
Monsieur l'avocat le plus bas d'Inter,
Monsieur Super-Biniou,
Mesdames et messieurs les jurés,
Public chéri, mon amour.
Bonjour ma colère, salut ma hargne, et mon courroux… coucou.

Debout, camarades seine-et-marnaises et seine-et-marnais ! Allons-nous encore longtemps plier l'échine sous le joug français ? Je dis non !

Il est temps, il est grand temps que la Seine-et-Marne retrouve son authenticité spécifique, sa spécificité autonomique, son autonomicité authenticitaire, et sa seine-et-marnicitude, sans laquelle il n'y a pas de seine-et-marnicité !

Debout, les damnés de la Terre ! Secouez-vous, Seine-et-Marnais ! Lève-toi, fils de Melun, lève-toi, père de Couilly, debout, nègres de Meaux ! Secouez-vous ! Secouez-moi ! Au rang, Ginette ! Au rang, Ginette. C'est frais, ça vient de la Seine-et-Marne.

Seine-et-Marnaises et Seine-et-Marnais, entendez-vous dans nos campagnes mugir ces féroces Parisiens ? Ils viennent jusque dans nos bras égorger nos betteraves fourragères ! Je dis assez ! Dehors les Français ! Nous vous bouterons hors d'Ozoir-la-Ferrière. Au dernier recensement, la Seine-et-Marne comptait 820 000 habitants, en comptant les femmes et les juifs ! C'est cette marée humaine de 820 000 opprimés qui se lève aujourd'hui pour exiger du pouvoir central de Paris la reconnaissancitude de l'identicité particularismique du seine-et-marnisme et la formation à la Ferté-sous-Jouarre d'un gouvernement spécificificificificiquement seine-et-marnique. Un gouvernement qui prenne en compte les problèmes intrinsèquement intrinsèques de notre pays dont nous chasserons, s'il le faut par la force, l'occupant étranger, et notamment les trois mille Bretons qui vivent à Coulommiers ! Parlons-en des Bretons !

Alan Stivell est un escroc ! Il est aussi breton que je suis socialiste ! Bretonniennes, Bretonniens, n'écoutez pas ce barde ! C'est un faux ! J'ai ici l'acte de naissance de cette immonde gargouille qui mange les crêpes des Français ! Cet homme est un atroce bâtard de juif anglais et de gourde italienne ! Quand vous saurez, mesdames et messieurs les jurés, ce qu'est vraiment un Anglais, ce qu'est vraiment une Italienne, vous chasserez ce salopard à coups de biniou dans la gueule.

Il y a deux sortes d'Italiens. Les Italiens du Nord, qui vivent au Nord, et les Italiens du Sud, qui meurent au Sud.

Les Italiens sont tous des voleurs. Ils n'arrêtent de manger des nouilles que pour voler. Je sais de quoi je parle, il m'arrive souvent de voyager à travers l'Italie.

Eh bien, je peux en témoigner : on ne m'a jamais rien volé ! N'est-ce pas extraordinaire ?

Comme les Espagnols, les Italiens ne parlent pas le français !

Rendez-vous compte que, pour se comprendre entre eux, les malheureux sont obligés de parler italien ! C'est horrible.

La capitale de l'Italie s'appelle Rome, en hommage à Raimu et Rémoulade qui fondèrent la ville à quatre pattes sous une louve, mais enfin passons. Peu de villes offrent au touriste autant d'attraits que Rome. Certaines ruines romaines sont tellement belles qu'on dirait le Palais-Bourbon presque fini.

Peu de gens, de nos jours, savent où est née la Renaissance italienne. Eh bien, je suis en mesure de vous le révéler : la Renaissance italienne est née en Italie. Michel-Ange, le Tintoret, Fra Angelico, Léonard de Vinci, Saint-Raphaël, Saint-Martini, etc., etc., tous étaient italiens.

Plus encore qu'à Rome, c'est à Venise que le visiteur s'esbaudit devant tant de splendeur offerte aux regards. Je ne parle pas seulement des filles, qui ont des nichons énormes, mais des innombrables palais somptueux qui bordent la lagune vénitienne où la ville s'enfonce désespérément de jour en jour au rythme lent de sa propre décadence et de la nôtre, entraînant aux abysses toute l'intelligence et la beauté du vieux monde. Il faut être con ou footballeur pour ne pas aimer Venise.

En la quittant, je me suis dit : « Léon, c'est à Venise que tu reviendras mourir. » (Depuis le 10 mai, quand je suis tout seul, je m'appelle « Léon », en hommage à Léon Blum.)

Donc, Alan Stivell est con par sa mère. Honnissons maintenant son papa, le sinistre Anglais Gerald Fitzgerald Kiss my ass Stivell.

L'Anglais est appelé ainsi à cause de ses traits anguleux. C'est pourquoi les Anglais sont tous des angulés. Tandis que le Français lui est un ongulé comme le cochon.

Alors que le cochon et le Français sont omnivores, l'Anglais mange du gigot à la menthe, du bœuf à la menthe, du thé à la menthe, voire de la menthe à la menthe.

Non content de faire bouillir les viandes rouges, l'Anglais fait cuire les viandes blanches, telle Jeanne d'Arc qui mourut dans la Seine-Maritime et dans les flammes en lançant vers Dieu ce cri d'amour : « Mon Dieu, mon Dieu, baisse un peu le chauffage ! »

Les deux caractéristiques essentielles de l'Anglais sont l'humour et le gazon. Sans humour et sans gazon, l'Anglais s'étiole et se fane et devient creux comme un concerto de Schönberg.

L'Anglais tond son gazon très court, ce qui permet à son humour de voler au ras des pâquerettes.

Comment reconnaître l'humour anglais de l'humour français ? L'humour anglais souligne avec amertume et désespoir l'absurdité du monde alors que l'humour français se rit de ma belle-mère.

En dehors des heures d'humour, on peut reconnaître l'Anglais à son flegme.

Qu'est-ce que le flegme britannique ? Dans son époustouflant *Britannicus* (1669), Jean Racine nous montre comment son héros continue imperturbablement de lire *L'Osservatore romano* pendant que Néron lui donne des coups de pied dans le phlegmon.

D'où l'expression : Le phlegmon britannicus = flegme britannique.

Exemples de flegme britannique :

1) Quand une bombe de cent mille mégatonnes tombe dans sa tasse de thé, l'Anglais reste plongé dans son journal et dit : « Hum, ça se couvre. »

2) Quand il entre en érection, l'Anglais reste dans sa femme et dit : « Hum, ça se lève. »

Les Anglais ont-ils un chef ?

Bien sûr, imbécile. Sinon ce seraient des animaux. Le chef des Anglais s'appelle madame de Fer. De même que madame Polystyrène est expansée, madame de Fer est inflexible. Elle ne bouge pas, elle ne plie pas, ne cille pas. Même quand son mari la besogne, la dame de Fer ne bouge pas. Nous sommes là en présence d'un cas d'inflexibilité tout à fait étonnant, qui n'est pas sans rappeler celui de Mirabeau n'en sortant que par la volonté du peuple ou la force des zigounettes.

Donc Alan Stivell est coupable !

Alan Stivell : Ce chanteur celte a largement contribué au succès des albums de Bécassine en Afrique orientale et notamment au Cap-Vert dont les singes locaux – les bardes – ont ensuite répandu le sida dans le monde.

Réquisitoire contre Charles Dumont

18 octobre 1982

Françaises, Français,
Belges, Belges,
Tourangelles, tour Josiane, tour Colette, tour Lulu, tour de taille,
Mon cher Massif central entre le bœuf et l'âne gris,
Mon avocaillon rikiki de type ibérique,
Maître ou ne pas mettre,
Mesdames et messieurs les jurés,
Public chéri, mon amour.
Bonjour ma colère, salut ma hargne, et mon courroux… coucou.

En ce jour du Seigneur, mes bien chers frères, soixante-quinzième jour avant Noël et dernier jour des soldes fantastiques à Mondial-Roquette, le plus grand soldeur de roquettes, la pensée de Dieu ne doit pas nous quitter. L'extrême indigence de la cinémathèque pornographique de Tours, mes bien chers frères, m'a contraint, pour tuer le temps, à aller aujourd'hui à la messe pour y chercher la paix de l'âme et la sérénité avant de requérir contre le sympathique cataplasme cardio-vasculaire ici présent. Hélas !, dans la fraîcheur ouatée de la cathédrale Saint-Royer de Tours, Dieu ne m'est pas apparu parmi la cohorte bigoteuse des batraciennes et des batraciens de bénitiers qui éructaient sans y croire les psaumes arides de leur foi moribonde avant de retourner se vautrer devant *L'École des fans* pour oublier les enfants du tiers-monde. Alors j'ai pensé que Dieu était mort, ou qu'il avait baissé les bras, et je me suis dit que si j'étais Lui, ça ne se passerait pas comme ça.

Oh non, si j'étais Dieu, je me tripote, ça ne se passerait pas comme ça, nom de moi de bordel de moi ! D'abord, je me demande si je créerais le Ciel, la Terre et les étoiles. Le Ciel et les étoiles, je ne dis pas. Mais créer la Terre, je vous le demande, est-ce bien raisonnable ? D'un autre côté, si je ne créais pas la Terre, quelle serait ma raison d'être ? À quoi me serviraient alors mon incommensurable puissance et mon exquise bonté dont les deux Testaments et les quatre Évangiles relatent par le menu les surprenantes manifestations, depuis l'affaire de la golden maudite, jusqu'à la Résurrection de mon Fils sans cryogénisation (il faut le faire), sans oublier bien sûr la surprenante guérison, l'été dernier, de monsieur Jean Legrubier, de Nantes (44), qui fut définitivement débarrassé de son hémiplégie le jour où il se fracassa le crâne en glissant dans la grotte de Lourdes.

Je devrais donc me résoudre à créer la Terre, c'est-à-dire les hommes, les forêts immenses et les fleuves profonds, la gazelle gracile au souffle court, et les magnétoscopes portables avec ralenti et arrêt sur l'image sans lesquels, mes bien chers frères, il est humainement impossible de suivre correctement le Mundial ou le cul de Carole Laure en furtif entrechat.

Une chose est certaine. Si j'étais Dieu et si je devais créer la Terre, je m'y prendrais tout autrement. J'abolirais la mort et Tino Rossi. Que l'on ne me demande pas pourquoi j'abolirais Tino Rossi plutôt que Charles Dumont. Il s'agit de ma part d'une réaction purement instinctive. Elle n'engage que moi et ne saurait en aucun cas jeter le discrédit sur cet immense artiste dont la sirupeuse gluance roucoulophonique ne connut jamais la moindre trêve, pas même au cœur des années sombres où le juif et l'Anglais commençaient à menacer l'amitié franco-allemande.

En ce qui concerne l'abolition de la mort, elle m'apparaît à l'évidence comme une réforme de première urgence, dans la mesure où la plupart des humains renâclent farouchement à la seule idée de quitter ce bas monde, quel que soit le prix du kilo de poireaux et l'imminence de la Troisième Guerre mondiale. Ils veulent vivre, même quand leur femme les trompe à l'extérieur et que les métastases les bouffent de l'intérieur. J'irai même jusqu'à dire que c'est sa mortalité qui constitue la grande faiblesse du genre humain. Un beau jour, on entame une partie de pétanque avec les copains, sous les platanes bruissant d'étourneaux, l'air sent l'herbe chaude et l'anis, et les enfants jouent nus, et la nuit sera gaie, avec de l'amour et des guitares, et puis voici que tu te baisses pour ajuster ton tir, et clac, cette artère à la con te pète sous la tempe, et tu meurs en bermuda. Et c'est là, mon frère, que je pose la question : à qui est le point ?

« Un seul être vous manque, et tout est dépeuplé », disait le tourmenté Lamartine, qui mourut fort âgé, après avoir vécu dans une effroyable hantise de la mort qui ne le quittait que sur les lacs crépusculaires où il aimait à s'isoler pour tripoter les genoux des tuberculeuses. Attention, ne me faites pas dire ce que je n'ai pas dit, misérables cloportes indignes de moi. Si j'étais Dieu, je n'abolirais pas la mort pour tout le monde. Faut pas prendre Dieu que pour un con. En effet il me plaît de penser qu'il me serait infiniment agréable de conserver le statut de mortel aux bigots de toutes les chapelles, aux militaires de carrière, aux militants hitléro-marxistes, aux lâcheurs de chiens du mois d'août, aux porteurs de gourmette (ça, je supporte pas) et aux descendants de Tino Rossi dont rien ne permet de penser qu'ils hériteront de leur géniteur le moindre talent roucoulophonique, mais enfin, on ne sait jamais.

Enfin si j'étais Dieu, mes bien chers frères, je vous ferais croire que j'existe. Et j'y arriverais, tonnerre de moi, par le biais de maintes manifestations époustouflantes de ma grandiose omniprésence. Par exemple, je transformerais Régis Debray en bitte d'amarrage, pour qu'on s'assoie dessus une bonne fois ! Ou alors je m'immiscerais épisodiquement au cœur des conflits armés où j'adoucirais la mâle sauvagerie des corps-à-corps en transformant soudain les baïonnettes en pieds de rhubarbe ! Car la teneur en vitamine C et B1 de la rhubarbe n'est plus à vanter, alors que la baïonnette, salopards galonnés, ne contient que du fer ! Si j'étais Dieu, j'apaiserais les souffrances humaines à tout bout de champ, rien que pour faire mon intéressant, je rendrais la vue au paralytique ! Je rendrais ses jambes au non-entendant ! Je rendrais sa césarienne à Romulus, et à Raimu ce qui appartient à César. Alors les peuples subjugués se frapperont le poitrail en psalmodiant mon nom béni. Même les athées congénitaux rentreront au bercail de ma Sainte Église le jour où, dans un éclat strident de ma divine lumière, je leur donnerai des muscles en trente jours, chez eux, sans vraiment se fatiguer, grâce au vibro-mon-frère à piles longue durée. Pour les aider à vivre heureux en attendant la mort, je leur apprendrai à danser le tango, je réduirai leur semaine de travail à trente-neuf heures, pour qu'ils aient tout le temps de jouir des embouteillages et de leur cancer du poumon. Je leur ferai gonfler les seins à la graisse de phoque, je les ferai maigrir sans régime, je vaincrai leur timidité en douze mensualités de soixante-dix-neuf francs seulement, je leur ferai rencontrer l'âme sœur, même goût, même idéal, mêmes espérances, mêmes varices !

Enfin, si j'étais Dieu je n'enverrais pas mon Fils sur Terre pour racheter les péchés du monde. J'y enverrais de préférence mon beau-frère Léon, qui est laid, chafouin, footballeur, socialiste et qui cache assez mal, sous des dehors de sous-doué rural, une âme de rustre agricole.

Sic transit gloria mundi. Amen.

Charles Dumont : Un des nombreux chanteurs découverts par Piaf sous un drap.

Réquisitoire contre Yvan Dautin

19 octobre 1982

Françaises, Français,
Belges, Belges,
Topinambourgeoises, Topinambourgeois,
Topinenseinémarne, Topinoportugal,
Schizophrènes, schizo-freins,
Mesdames et messieurs les jurés,
Public chéri, mon amour.
Bonjour ma colère ! Salut ma hargne ! Et mon courroux... coucou.

Le procès d'aujourd'hui, mesdames et messieurs les jurés, me plonge dans un embarras qui confine à la confusion la plus extrême. En effet, le souci permanent de l'objectivité la plus rigoureuse qui préside ordinairement aux débats de cette cour me contraint de vous faire ici une confession grave concernant mes rapports avec l'accusé Yvan Dautin ici présent. Cet homme, mesdames et messieurs les jurés, est beaucoup plus qu'un camarade pour moi. Oh non, je vous en prie, monsieur le président, ne cherchez pas à souiller d'un mot ordurier la noble réputation de probité qui nimbe cette robe austère de la justice, sous laquelle, si ça continue, on va pouvoir construire un éros center de campagne transformable en podium

Inter pour le jeu des mille fesses de Lucien Lassmance !… Non, mesdames et messieurs les jurés, cet homme n'est pas ma femme. C'est mon mari ! C'est mon ami. Alors, vais- je l'accabler et demander que lui soit appliquée la pei-peine maximum comme il le mérite, ou bien vais-je au contraire exiger qu'on l'acquiquitte ?

Cruel dilemme que la main de Corneille n'eût pas nié ! Je suis dubitatif, je dis bien dubitatif et non pas éjaculateur précoce, je le précise à l'intention des éventuels avocats émigrés qui m'écouteraient d'une portugaise distraite, entre deux overdoses de jus de morue. Étant dubitatif, mesdames et messieurs les jurés, dans le doute, je m'abstiendrai comme je le fais habituellement quand on me demande de choisir entre la peste ou le choléra, ou entre Giscard et Mitterrand. Aussi bien, oublions ce procès perdu d'avance, et rendons-nous plutôt à Bourges pour y retrouver le jeu des mille fesses, une émission d'Henri Tumnique animée par Lucien Lassmance.

PIERRE : Chers amis, bonjour ! À cheval sur le lièvre et le cardinal du Berry, Bourges, capitale mondiale de la bourgeoisie, douillettement tapie sous les framboisiers tricentenaires de la rue des Framboisiers-Tricentenaires, abrite, sous les couscoussiers en fleur de l'avenue des Couscoussiers-en-Fleur, le plus pur joyau de l'art médiéval berrichonien.
Du haut de la célèbre rue de Séraucourt, on peut admirer sans peine le bas de la célèbre rue de Séraucourt, et les admirables vitraux du XIIIe de sa cathédrale flamboyante dont la légende nous dit qu'elle est flamboyante.

Patrie de Louis XI, de Jacques Cœur et de Boudaloue, Bourges connut jusqu'au XVIe siècle une prospérité essentiellement basée sur le dressage des nains à qui elle doit, aujourd'hui encore, son esprit petit-bourgeois.
Mais sans plus attendre, nous allons accueillir notre candidat – on l'applaudit –, c'est une candidate, madame Louise Regote.
LUIS : Je ne suis pas celle que vous croyez. Je suis un homme.
PIERRE : Excusez-moi. Votre robe plissée…
LUIS : Ça n'a rien à voir. C'est parce que je dors dans ma valise… Je dois dire que je suis très heureux de participer au jeu des mille fesses. J'adore les fesses. Surtout quand il y en a mille.
PIERRE : C'est très aimable à vous. Chers amis, si monsieur Rego aime tellement les fesses, c'est qu'il a le bout relié.
LUIS : Non. Je n'ai pas le bout relié. Je suis bourrelier.
PIERRE : C'est très aimable à vous. À la table des renforts, votre ami le docteur Jerry Tulassan, trouducologue à l'université de Pinotechnie de Bourges, et fessologue à l'université La Digue, de Nantes. Docteur Jerry Tulassan, ces voyages incessants entre Bourges et Nantes doivent vous épuiser ?
YVAN : En effet. Quand je pense à faire Nantes, je m'plante. *(Chantant :)* Quand je pense à faire Nantes…
PIERRE : C'est très aimable à vous. Et voici la question nœud de monsieur Arthur Oh oui-oh oui, de Saint-Godemichel dans les Vits-rayés orientables. Écoutez bien, monsieur Rego : Quel est l'auteur du *Boléro* de Ravel ?

GEORGES *(avec un crayon sur un verre)* : Ding, ding, ding, ding…
LUIS : Voulez-vous dire à votre ami d'arrêter de faire ding ding, ça m'empêche de me concentrer… Le *Boléro* de Rabol ?… Mozart ?… Lelouch ?…
GEORGES : Ding-dong *(final)*.
PIERRE : Voici maintenant la question branche de monsieur Jean-Edern Ott' Tamain-Vlamamère, à Poil, dans la Bouche-du-Rhône, qui vous demande quel est le nom de l'archipel du Pacifique qui a donné son nom à une maladie vénérienne bien connue des pèlerins de Lourdes ?
GEORGES : Ding, ding, ding, ding…
LUIS : … Ipissa ?… L'archipel de la Ch'touille ? Les Iles-sous-le-Vent ?… Guernezob… Les Blénnoragiennes ?… Siphylos ?…
GEORGES : Ding-dong *(final)*.
PIERRE : Je suis désolé, monsieur, mais je vois que votre renfort s'agite sur sa chaise et qu'il nous donnera la réponse tout à l'heure. Mais passons à la question courge, à moins que vous ne vouliez dès à présent tenter le branlo ?
PUBLIC *(lancé par Georges)* : Bran-lo ! bran-lo ! bran-lo !…
LUIS : OK. Branlo.
PIERRE : Eh bien, voici la question du branlo. C'est une question de monsieur Jean Peupu-Soimienne, de Grasse, dans le Mord-moi-l'Bihan : Quel est l'intrus entre Denise Fabre, Régis Debray et le savant chinois du XIIIe siècle Li yu Fang ?
GEORGES : Ding, ding, ding, ding…
LUIS : Vous ne trouvez pas qu'on sent le courant d'air dans le dos ici ?

PIERRE : C'est très aimable à vous. Je répète la question : quel est l'intrus entre Denise Fabre, Régis Debray et le savant chinois du XIIIe siècle Li yu Fang ?
LUIS : L'intrus, c'est Li yu Fang. C'est le type qui a inventé la poudre.
PIERRE : Bravo, monsieur Rego ! Vous pouvez partir en emportant les mille francs du branlo, mais vous pouvez aussi tenter les trois mille francs du super branlo !
PUBLIC *(lancé par Georges)* : Super ! super ! super !...
LUIS : Bon d'accord, faites-moi le plein de super...
PIERRE : C'est très aimable à vous. Alors voici la question du super branlo qui nous est adressée par madame Raymond Continue-Connard, de Limay, dans le Noir, qui vous demande – écoutez bien : Quelle méthode utilisait-on au XVIe siècle à l'université de Pinotechnie de Bourges, pour enseigner aux jeunes gens et aux jeunes filles la masturbation ?
GEORGES : Ding, ding, ding, ding...
LUIS : Vous me demandez de quoi-t-est-ce qu'on astique-t-on mon client ?... Eh bien... je crois savoir qu'à l'époque, les garçons pratiquaient la masturbation... à deux mains ?
PIERRE : Bravo ! Chers amis de Bourges, c'est la bonne réponse ! On enseignait au XVIe siècle, à Bourges, la masturbation À DEUX MAINS SI VOUS L'VOULEZ BIEN !

Donc Yvan Dautin est coupable, mais son avocat vous en convaincra mieux que moi.

Yvan Dautin: Ce poète chantant passait plus de temps à rimer qu'à trimer et a fini par trouver le succès sans le chercher. Ce qui est mieux que le contraire.

Réquisitoire contre Gisèle Halimi

20 octobre 1982

Françaises, Français,
Belges, Belges,
Loirettes, Loirets, Solognonotes, Solognonots,
Mon président mon chien,
Consternante raclure du barreau de mes deux chaises,
Maître ou ne pas mettre,
Mesdames et messieurs les jurés,
Public chéri, mon amour.
Bonjour ma colère, salut ma hargne, et mon courroux… coucou.

Disons-le tout net, mesdames et messieurs les jurés, trouver la moindre circonstance atténuante à madame Gisèle Halimi est au-dessus de mes forces. Voilà une femme, n'est-ce pas, qui, si j'en crois ses déclarations au juge d'instruction, nous dit aimer pêle-mêle : Mitterrand, le football, Badinter, et même Franz Schubert, le sinistre apologue autrichien de la pisciculture en eau douce dont les grotesques quatuors glougloutants ont nimbé mon enfance d'une odeur de marée d'autant plus insupportable que mon professeur de piano, une gargouille socialiste hystérique, vénérait conjointement la morue fumée, dont les effluves s'accrochaient à son chignon, et Jean Jaurès, dont l'effigie bonhomme tremblotait sans cesse dans un cadre en stuc au rythme poussif du métronome de son Pleyel édenté.

Circonstances aggravantes, monsieur le président, l'accusée non contente d'être femme – mais qui le serait – se targue véhémentement de féminisme primaire et d'antiphallocratie viscérale, occupant le plus clair de ses loisirs bourgeois à la défense frénétique de la cause des femmes dont elle soutient ouvertement les luttes grotesques et impies, pendant que, chez elle, la vaisselle s'accumule, alors que ce sont les fondements mêmes de la civilisation qui sont menacés dès que notre chère compagne douce et aimante commence à quitter la réserve feutrée où notre juste raison l'a parquée, pour aller se vautrer dans la décadence gynécocratique où d'immondes viragos en talons plats se mêlent de conduire elles-mêmes la barque maudite de leur destin sans mâle, avant de sombrer corps et âme au cœur glacé de ces existences sans grâce et sans révérence où nos sœurs perdues s'abaissent et renient leur condition féminine jusqu'à porter elles-mêmes leur valise pleine de stérilets, je devrais dire leur baise-en-ville plein de ces saloperies anticonceptionnelles androphobiquement paroxystiques qui leur permettent de frimer la tête haute et la mamelle arrogante, au pied des lits de stupre qu'elles se choisissent toutes seules, et sur lesquels, ricanant bassement au spectacle émouvant de leur victime en chaussettes, elles fument le cigare, la pipe et quelquefois même le buraliste !

N'en doutons pas, n'en doutons jamais : « Il y a un principe bon qui a créé l'ordre, la lumière et l'homme. Il y a un principe mauvais qui a créé le chaos, les ténèbres et la femme. » Et ce n'est pas moi qui le dis. C'est Pythagore. Et croyez-vous qu'il fut con, Pythagore ? Évidemment non, sous-doués que vous êtes. S'il avait été con, Pythagore, je vous le demande, aurait-il inventé le thé au rhum ? Est-ce qu'il aurait découvert la maladie de Carré, dont souffre notre estimé confrère Luis Rego ici présent depuis qu'il s'est coincé l'hypoténuse dans un placard à balais ? « Homme, tu es le maître. La femme est ton esclave. C'est Dieu qui l'a voulu. Sarah appelait Abraham, "mon maître". Vos femmes sont vos servantes. Vous êtes les maîtres de vos femmes ! »

Là encore, Dieu me tripote, ce n'est pas moi qui le crie. C'est le grand saint Augustin, qui a plus fait pour l'extension des grands principes théologiques en Occident que Régis Debray pour la promotion d'*Apostrophe* sur Antenne 2. Régis Debray : il est en même temps contre la dictature de Pivot et pour celle de Fidel Castro. Saint Augustin qui, ne l'oubliez pas non plus, chers frères mâles qui m'écoutez, est le véritable fondateur de la vie cénobitique, à travers laquelle les moines ont prouvé au monde que seule une vie sans femme pouvait permettre à l'homme de toucher Dieu ! Car en vérité, je vous le dis, l'inutilité fondamentale de la femelle ne fut jamais démontrée de façon aussi éclatante que par les moines cénobites, et nous les secouerons tout seuls… les jougs du féminisme à poils durs qui veulent nous faire pisser Lénine. Lécher les plines… Plier l'échine.

« En tant qu'individu, la femme est un être chétif et définitivement défectueux. » Ce n'est pas moi qui l'affirme. C'est saint Thomas d'Aquin, l'inventeur de l'eau oxygénée à trente volumes, la meilleure : un volume de Ricard, sept volumes d'eau oxygénée, c'est l'extase avec des bulles !

« La femme (écoutez, bécasses solognonotes et pigeons solognonots) est le produit d'un os surnuméraire. » A-t-on jamais rien entendu de plus beau, depuis le discours mongoloïde de Pierre Mauroy sur la déstagnation de l'expansion par la désexpansion de la stagnation, que cette sentence magique du grand Bossuet : « La femme est le produit d'un os surnuméraire » ! Ah non, mesdames et messieurs les jurés, on ne peut pas dire qu'il disait des conneries, l'aigle meldois, quand la moutarde de Meaux lui montait au nez. « La femme est le produit d'un os surnuméraire. » Quelle stupéfiante révélation ! Quelle étrange nouvelle ! Orémus, nom de Dieu ! Imaginons un instant, mes frères, l'immense Bossuet montant en chaire, sous les regards moites des courtisanes, la panse rebondie par les excès de gibiers en sauce dont sa soumission au monarque lui garantissait à vie la surabondance, regardons-le, cet irréfutable mastodonte de Dieu, battre de ses ailes mauves au-dessus du parterre des nantis empoudrés, et écoutons-le tonner comme un buffle en colère les imprécations divines de sa grandiose colère, écoutons-le maudire la mort d'Henriette d'Angleterre : « Madame se meurt ! Madame est morte ! Madame avait un os en trop ! »

Que la cour me pardonne mon emportement, monsieur le président. Dès l'adolescence, à l'âge des premiers émois du cœur et des premiers boutons sur la tronche, j'ai été marqué par cette révélation brutale du grand orateur sacré que fut Bossuet. Auparavant, qu'on me pardonne, je pensais naïvement que c'étaient les garçons qui avaient un os en trop. Hélas ! hélas ! Cruel désenchantement que cette heure maudite où la première femme que l'on tient dans ses bras vous démontre, preuve en main, que les macaronis n'ont pas d'arêtes !

« Quand le piano tombe, le déménageur s'épouvante ! » disait Chaval.

Certes, elle est cruelle, l'heure où l'adolescente ou l'adolescent voit son corps lui échapper et se métamorphoser en un corps étranger, velu, acnéen, plein de fesses et de seins et de poils partout, alors que s'estompe l'enfance et que déjà la mort… N'est-elle point superbe, à cet égard, l'histoire de Catherine, la petite pensionnaire du couvent des Oiseaux ? Un jour que Catherine, qui venait d'avoir neuf ans, prenait une douche dans la salle de bains collective du pensionnat, Christiane, son aînée de quatre ans, se savonnait vigoureusement dans la cabine voisine. « Je te trouve très belle », dit la petite, qui contemplait naïvement les rotondités naissantes de sa camarade. « Vraiment tu es très très belle. Mais… là, c'est quoi ? » ajouta-t-elle, avec une curiosité sans malice, en montrant le jeune duvet pubien de la grande.

« Ça ? dit Christiane en riant. C'est rien… C'est normal… C'est des poils ! » Et avec un rien de fierté dans le ton : « C'est parce que je suis une grande.

– Ah bon, dit la petite, c'est bien. Mais, dis-moi, ça te zêne pas pour baiser ? »

Donc Gisèle Halimi est coupable, mais son avocat vous en convaincra mieux que moi.

Gisèle Halimi : Si cette avocate avait combattu pour le droit à l'avortement des Algériens et l'indépendance des Françaises, on n'en serait pas où on en est aujourd'hui.

Réquisitoire contre François Béranger

21 octobre 1982

Françaises, Français,
Belges, Belges,
Chartrouilleuses, tripoteurs, Beaucerons, feignasses,
Mon président mon chien,
Affligeante raclure du barreau de mes deux chaises,
Mesdames et messieurs les jurés,
Public chéri, mon amour.
Bonjour ma colère, salut ma hargne, et mon courroux… coucou.

Encore un chanteur. J'en ai marre. Mais qu'est-ce que vous avez tous à chanter ? Pourquoi vous faites pas de la peinture ? D'accord, la peinture à l'huile, c'est bien difficile, mais c'est bien plus beau que la chanson à l'eau de rose du 10 mai et que les rengaines à messages.

Sérieusement, François, mon petit lapin, pourquoi ne faites-vous pas de la peinture ? Même si vous n'êtes pas plus doué pour mélanger les couleurs que pour faire bouillir les bons sentiments, au moins, la peinture, ça ne fait pas de bruit. Vous n'imaginez pas, mon petit François, le nombre incroyable de gens, en France, qui n'en ont rien à secouer de la chanson et des chanteurs. Moi qui vous parle, je vous jure que c'est vrai, je connais des gens normalement intelligents et parfaitement au fait de leur époque qui mènent des vies honnêtes et fructueuses sans vraiment savoir si Iglesias et Béranger sont des marques de sanitaires ou des pâtes aux œufs frais.

Allez, François, soyez sympa. Faites de la peinture. Ah, Dieu me tripote ! Si tous les chanteurs du monde voulaient bien se donner le pinceau ! Tenez, c'est simple. Écoutez-moi, Sheila, Béranger, Lavilliers, Dalida, je suis prêt à faire un geste. Si vous vouliez nous le shunter une bonne fois, fermer votre gueule une bonne fois pour toutes et vous mettre à la peinture, je m'engage solennellement à mettre à votre disposition l'immense fortune accumulée par ma famille pendant l'Occupation pour financer une radio libre rien que pour vous ! Ça serait la radio que des millions de Français comme moi attendent en vain : ça s'appellerait Radio Palette, elle vous serait exclusivement réservée à vous tous, chanteurs et chanteuses de France, et vous peindriez, et nous on vous écouterait peindre ! Le Nirvana !

Mais je lis dans vos yeux quelconques, monsieur Béranger, comme une interrogation muette. Au lieu de dormir, comme le font la plupart des chanteurs quand on leur parle d'autre chose que de leur sono, vous semblez parfaitement éveillé et vous vous demandez… Je sais ce qui vous tracasse. Vous vous demandez si j'aime vraiment les chanteurs ? Eh bien, tenez-vous bien : « Non. »

Mais rassurez-vous, François, ma puce. Il n'y a pas que les chanteurs que je déteste, je hais toute l'humanité. J'ai été frappé dès ma naissance de misanthropie galopante. Je fais même de l'auto-misanthropie : je me fais horreur ! Je me hais. C'est pour cette raison que le fourbe et cruel Raminagrobis magistral que vous voyez là m'a choisi comme procureur dans cette sinistre parodie de justice, d'une consternante vulgarité, où je peux impunément, jour après jour, vous vomir ma haine à travers la gueule et sur les pompes. Je vous hais Français, je vous hais François, je vous hais Béranger mon biquet ! Je hais toute l'humanité.

Plus je connais les hommes, plus j'aime mon chien. Plus je connais les femmes, moins j'aime ma chienne.

Je n'aime pas les racistes, mais j'aime encore moins les nègres. Je voue aux mêmes flammes éternelles les nazis pratiquants et les communistes orthodoxes. Je mets dans le même panier les connards phallocrates et les connasses MLF. Je trouve que les riches puent et je sais que les pauvres sentent, que les charcutiers sont dégueulasses et les végétariens lamentables. Maudite soit la sinistre bigote grenouilleuse de bénitier qui branlotte son chapelet en chevrotant sans trêve les bondieuseries incantatoires, dérisoires, de sa foi égoïste rabougrie. Mais maudit soit aussi l'anticlérical primaire demeuré qui fait croa-croa au passage de Mère Teresa.

C'est dur à porter, une haine pareille, pour un homme seul. Ça fait mal. Ça vous brûle de l'intérieur. On a envie d'aimer, mais on ne peut pas. Tu es là, homme, mon frère, mon semblable, mon presque moi. Tu es là, près de moi, je te tends les bras, je cherche la chaleur de ton amitié. Mais au moment même où j'espère que je vais t'aimer, tu me regardes et tu dis : « Vous avez vu Serge Lama samedi sur la Une, c'était chouette. »

Aujourd'hui, ici même, à Chartres, j'ai cru rencontrer l'amour vrai. Et une fois de plus ma haine viscérale m'a fermé le chemin de la joie. C'était une jeune femme frêle aux yeux fiévreux. Son front large et rond m'a tout de suite fait penser à Geraldine Chaplin. Elle avait un teint diaphane, les lèvres pâles et la peau d'une blancheur exquise, comme on n'en voit plus guère depuis que toutes ces connasses se font cuivrer la gueule à la lampe à souder pour se donner en permanence le genre naïade playboyenne émergeant de quelque crique exotique, alors qu'elles ne font que sortir du métro Châtelet pour aller pointer chez Trigano.

Elle, non. Elle était évidente et belle et sans artifice comme une rose pâle au soleil de juin. Dans la tiédeur ouatée de cette brasserie de la rue Jehan-de-Beauce, elle paraissait m'attendre tranquillement, sur la banquette de cuir sombre où sa robe de soie légère faisait une tache claire et gaie vers laquelle je me sentais aspiré comme la phalène affolée que fascine la bougie vacillante. Sans réfléchir, je me suis assis près d'elle. Pendant que je lui parlais, ses doigts graciles tremblaient à peine pour faire frissonner un peu le mince filet de fumée bleue montant de sa cigarette.

« Ne dites rien, madame, je ne veux pas vous importuner. Je ne cherche pas d'aventures. Je n'ai pas de pensée trouble ou malsaine. Je ne suis qu'un pauvre homme prisonnier de sa haine, qui cherche un peu d'amour pour réchauffer son cœur glacé à la chaleur d'un autre cœur. Ne me repoussez pas. Allons marcher ensemble un instant dans la ville. Ouvrez-moi votre âme l'espace d'un sourire et d'une coupe de champagne. Je ne vous demanderai rien de plus. »

Alors cette femme inconnue s'est tournée vers moi et son regard triste et lointain s'est posé sur moi qui mendiais le secours de son cœur, et elle m'a dit, et je garderai à vie ses paroles gravées dans ma mémoire :

« Je peux pas, je garde le sac à ma copine qu'est aux ouaters et le champagne ça me fait péter. »

Je vous hais tous ! J'en suis malade ! Je suis allé voir un médecin. J'ai pris un taxi. Je hais les taxis. Il n'y a que deux sortes de chauffeurs de taxi : ceux qui puent le tabac et ceux qui vous empêchent de fumer. Ceux qui vous racontent leur putain de vie, qui parlent, parlent, parlent, les salauds, alors qu'on voudrait la paix. Et ceux qui se taisent, qui se taisent, rien, pas bonjour, alors qu'on est tout seul derrière, au bord de mourir de solitude… Il y a ceux qui sont effroyablement racistes et qui haïssent, en bloc, les femmes, les provinciaux et les malheureux émigrés désemparés qu'ils pourchassent jusque dans les passages cloutés, et il y a ceux qui sont même pas français, qui sont basanés et qui ne savent même pas où est la place des Épars, les cons ! Alors qu'au milieu de la place des Épars à Chartres, y a la statue équestre de Marcel Zépars ! Y a qu'à regarder !

J'ai dit au docteur :

« Docteur. J'en peux plus. Je suis malade de haine. Ce n'est plus vivable. Faites quelque chose. »

Il m'a dit :

« Dites trente-trois. » Et il m'a collé des antibiotiques.

Je hais les médecins. Les médecins sont debout, les malades sont couchés. Les médecins debout, du haut de leur superbe, paradent tous les jours dans tous les mouroirs à pauvres de l'Assistance publique poursuivis par le zèle gluant d'un troupeau de sous-médecins serviles qui leur collent au stéthoscope comme un troupeau de mouches à merde sur une bouse diplômée, et les médecins debout paradent au pied des lits des pauvres qui sont couchés et qui vont mourir, et le médecin leur jette à la gueule sans les voir des mots gréco-latins que les pauvres couchés ne comprennent jamais, et les pauvres couchés n'osent pas demander pour ne pas déranger le médecin debout qui pue la science et qui cache sa propre peur de la mort en distribuant sans sourciller ses sentences définitives et ses antibiotiques approximatifs, comme un pape au balcon dispersant la parole et le sirop de Dieu sur le monde à ses pieds. Alors, fais gaffe, toubib, j'ai piégé mes métastases. Le premier qui touche à mon cancer j'y saute à la gueule.

Sic transit gloria mundi. Amen.

François Béranger: Encore un chanteur ouvriéro-socialo-révolté qui voulait changer le monde et qui – vous allez rire – n'y est pas arrivé.

Réquisitoire contre Jacques Séguéla

25 octobre 1982

Bananiettes, Bananiets,
Super-Charlots, Super-Charlottes,
Françaises, Français,
Belges, Belges,
Monsieur le Massif central au sommet dégarni par endroits,
Public chéri, mon amour.

Jacques Séguéla est-il un con ?

La question reste posée. Et la question restant posée, il ne nous reste plus qu'à poser la réponse. Jacques Séguéla est-il un con ? De deux choses l'une : ou bien Jacques Séguéla est un con, et ça m'étonnerait tout de même un peu, ou bien Jacques Séguéla n'est pas un con, et ça m'étonnerait quand même beaucoup.

Supposons que Jacques Séguéla soit un con. Je dis bien « supposons ». Et j'y tiens. Car jamais, mesdames et messieurs les jurés, car jamais, monsieur le président, jamais et nous le savons, et pas seulement de Marseille, jamais je ne me permettrais, sans preuves, d'insulter un prévenu, même et surtout quand il s'agit comme aujourd'hui d'un handicapé publicomaniaque de type Napoléon de gouttière minable et incurable, confit dans sa suffisance et bloqué dans sa mégalomanie comme un marron dans le cul d'une dinde. Oui, je sais, la comparaison est ordurière et je prierai le syndicat des dindes ainsi que le Denise Fabre fan-club de bien vouloir m'en excuser.

Supposons que Jacques Séguéla soit un con. Je répète, « supposons ». Car seule l'autopsie pourra nous le révéler à coup sûr. Si Jacques Séguéla est un con et que je le dis froidement, comme ça : « Jacques Séguéla est un con. » Que se passe-t-il ? Eh bien, mesdames et messieurs les jurés, il se passe qu'en vertu des lois démocratiques qui régissent ce pays cet homme est en droit de me traîner en justice pour divulgation d'un secret militaire ! Parfaitement ! En 1939 déjà, tout le monde, en France, savait que le général Gamelin était un con, sauf les militaires. C'est ça, un secret militaire. De même, mesdames et messieurs, il ne fait aucun doute qu'aujourd'hui, si Jacques Séguéla est un con, il ne fait aucun doute, dis-je, que tout le monde, en France, s'en est déjà aperçu, sauf les militaires. Et les socialistes, évidemment, qui n'avaient déjà pas tout compris, pour Gamelin, mais, bon, on n'est pas là pour enfoncer les charlots.

Supposons maintenant que Jacques Séguéla ne soit pas un con. C'est une simple supposition. Si Jacques Séguéla n'est point un con, et que moi, Pierre Desproges, j'affirme le contraire sur l'antenne. Si je dis : « Moi, Pierre Desproges, j'affirme que Jacques Séguéla est un con », que se passe-t-il, mesdames et messieurs les jurés ? Eh bien, c'est très simple : Jacques Séguéla me traîne en justice pour diffamation. Et qui c'est qu'a l'air d'un con ? Lui ou moi ? Imaginons la scène. Jacques Séguéla va voir un juge, un vrai juge, et il lui dit : « M'sieur, y a Desproges, eh ben, y fait rien qu'à dire qu'on est un con. » Et que répond le vrai juge ? Vous croyez peut-être qu'il répond : « C'est çui qui l'dit qui y est » ? Pas du tout ! Le juge me condamne et colle trois briques d'amende à Claude Villers, qui est finalement le seul responsable après Dieu de toutes les insanités ordurières proférées à longueur de journée dans ce prétoire. Laisserai-je commettre cette infamie ? Laisserai-je punir un homme pour une faute que j'aurais commise ? Laisserai-je la justice de mon pays accabler mon Cloclo juste et bon à qui je dois tant et qui m'a sorti de la médiocrité télévisuelle où je stagnais pour me plonger dans la nullité radiophonique où j'exulte ? Non, Claude, mon frère, je ne le ferai pas ! Non, mesdames et messieurs, je ne le ferai pas. Ce serait inique, et même si y nique pas, c'est pas de sa faute, elle est si minuscule… C'est extrait d'un poème de Lamartine :

Elle est si minuscule…
La vie qui passe au cœur des hommes et qui s'enfuit,
Comme sur l'onde amère où l'écume s'estompe
Le vieux marin trop ivre face au ciel à minuit
Secouant sa nouille au vent, en gerbant sur ses pompes.

Tout cela est bien joli – c'est même superbe – mais nous le savons, et pas seulement à la lanoline qui garde à mon visage son irrésistible jeunesse et qui retarde le vieillissement des cellules de mes fesses, nous le savons, disé-je avant d'être assez grossièrement interrompu par moi-même, nous le savons. Et que savons-nous ? Rien. Et nous ne savons toujours pas avec certitude si Jacques Séguéla est ou n'est pas un con.

Il y a moins d'un an, Jacques Séguéla a souhaité retirer de l'antenne une émission dont j'étais responsable. Il était mécontent des conneries proférées non pas par moi mais par lui dans cette émission (voir plusieurs journaux, dont *Le Quotidien* et *Libération* du 24 novembre 1981). Personnellement, je ne lui en tiens pas rigueur. On a tous des petits travers, lui, c'était son petit côté « La censure lave plus blanc ». Et surtout, surtout, le fait de regretter d'avoir dit des conneries n'est pas la preuve qu'on est con soi-même ! C'est même exactement le contraire ! Ce qui me chiffonne un peu, ce qui me gêne pour vous, Jacques Séguéla, qui êtes tout le contraire d'un con, comme je viens de le démontrer avec un brio qui m'étonne moi-même, ce qui me gêne c'est que, aujourd'hui encore, dans cette émission, vous venez de dire pas mal de conneries. Je ne saurais donc trop vous recommander d'exiger l'interdiction de cette émission du *Tribunal des Flagrants Délires*, ne serait-ce que pour la formidable publicité que ne manqueront pas de vous faire à cet égard mes nombreux amis journalistes qui se sont déplacés aujourd'hui tout exprès pour venir admirer ici le plus génial publiciste de France, l'homme qui a su mieux que personne rehausser le vinaigre algéro-italien au rang de saint-émilion, la merde en boîte au niveau du cassoulet toulousain, et le revenant de la Quatrième au rang d'homme providentiel.

Merci à toi, Majesté Séguéla, roi incontesté et solitaire de la réclame, merci à toi, qui, seul de tous tes confrères, as réussi à nous convaincre une fois pour toutes qu'une société sans publicité, c'est aussi inconcevable qu'un poisson sans bicyclette.

Jacques Séguéla : Après sa formidable réussite dans la promotion de Jospin, ce publicitaire devrait enfin devenir pianiste dans un bordel tant qu'il peut encore voir les touches.

Réquisitoire contre Josiane Balasko

26 octobre 1982

Françaises, Français,
Belges, Belges,
Monsieur le Massif central,
Monsieur l'avocat le plus bas d'Inter,
Mesdames et messieurs les jurés vendus d'office,
Public chéri, mon amour.

Ecce femina ! Voici la femme !

À ne pas confondre avec Ecce homo ! Voici ma tante ! Qui es-tu, femme, ma sœur ?

« La femme remonte à la plus haute Antiquité », disait Alexandre Vialatte. Je le répète une fois de plus à l'intention des étudiants en lettres qui nous écoutent par milliers et qui commencent à savoir lire dès l'âge du permis de conduire, on peut très bien vivre sans la moindre espèce de culture. Moi-même, je n'ai pas mon permis de conduire, eh bien, ça ne m'a jamais empêché de prendre l'autobus. D'ailleurs, si vous n'êtes pas capables, jeunes gens, de vous priver d'un seul épisode de *Dallas* pour lire un chapitre des chroniques de Vialatte, dites-vous bien que ça ne vous empêchera pas de mourir d'un cancer un jour ou l'autre. Et puis quoi, qu'importe la culture ? Quand il a écrit *Hamlet*, Molière avait-il lu Rostand ? Non !...

Voici la femme !

La femme est beaucoup plus que ce mammifère inférieur qu'on nous décrit dans les loges phallocratiques. La femme est l'égale du cheval.

Et de même qu'il ne peut pas vivre sans cheval, l'homme ne peut pas vivre sans femme. Comme la femme, le cheval permet à l'homme de s'accrocher derrière pour labourer, jusqu'au fond du sillon. Non ! La femme permet à l'homme de… semer sa petite graine… Observons deux papillons ! Pouf pouf.

Observons une femme.

Si nous la coupons dans le sens de la longueur, que voyons-nous ?

Nous voyons que la femme se compose de 70 % d'eau et de 30 % de viandes rouges diverses qui sont le siège de l'amour.

La femme a-t-elle une âme ?

Il est encore trop tôt pour répondre à cette question avec certitude. Tout ce qu'on peut dire, avec une marge d'erreur infime, c'est que la nuit sera fraîche, mais à mon avis, à mon humble avis, c'est sans rapport aucun avec le problème de l'existence de l'âme chez la femme.

Et d'abord, qu'est-ce que l'âme ? Selon Jacques Lacan et mon coiffeur, l'âme est un composé nébulo-gazeux voisin du prout. Sigmund Freud, pour sa part, affirme dans l'édition de 1896 de *L'Annuaire des refoulés* que l'âme pèse vingt et un grammes, ce qui exclut évidemment la restitution de notre âme à Dieu par les P et T avec un timbre normal, même à grande vitesse, toute surcharge au-dessus de vingt grammes étant taxée au frais du destinataire, c'est-à-dire, en l'occurrence, le Père, le Fils et le Saint-Esprit.

C'est pourquoi, au moment de votre agonie, je vous conseille, mes frères, de vous coller deux timbres à l'âme, afin de faire bonne impression à l'heure cruciale entre toutes de votre comparution devant les Pieds Nickelés de la sainte Trinité.

La vivisection de la femme ne nous permet pas de distinguer clairement la présence de l'âme.

Que voyons-nous exactement ? Un foie, deux reins, trois raisons d'avoir une âme. Certes. Mais je vois venir l'objection. Vous allez me dire : le ragondin musqué des marais poitevins lui aussi a un foie et deux reins. Mais a- t-il une âme pour autant ? Non. Il boit Contrexéville et puis voilà.

En fait, altesse, mesdames et messieurs, chère madame Balasko (je dis « altesse » en hommage au roi... de la défense passive, matérialisée ici sous les traits fripés de la triste olive noire qui est présentement occupée à prendre avec discrétion sa température, avec le thermomètre à mercure en queue de morue que sa tata Rodriguez lui envoie de Lisbonne en paquet fado).

Oui, altesse, mesdames et messieurs, en l'état actuel de nos connaissances, rien ne permet de confirmer la présence d'une âme chez la femme. Pourtant, de même qu'il ne peut pas vivre sans marché noir, l'homme ne peut pas vivre sans femme. Car, je vous le demande, vous trouvez que c'est une vie normale, pour un homme, de ne baiser que le fisc ? Alors que les femmes des percepteurs, exhibant à chaque coin de rue leur arrogant derrière que le rond-de-cuir délaisse, hurlent à l'amour en attendant désespérément la main virile qui viendra leur nationaliser la libido à coups de zigounette dans la Fonction publique avec un effet rétroactif en donnée corrigée des variations saisonnières.

Oui ! De même qu'il ne peut pas vivre sans oxygène, l'homme ne peut pas vivre sans femme.

L'oxygène permet à l'homme de respirer un coup... La femme permet à l'homme de tirer un trait sur son adolescence pour fonder enfin une famille d'où naîtront bientôt les merveilleux enfants du monde qui grandiront dans la joie avant de périr sous les bombes thermonucléaires dans une dizaine d'années au plus tard. En effet, si tout va bien et si le temps le permet, la Troisième Guerre mondiale devrait normalement éclater avant 1991. La plupart des voyantes extra-lucides, ainsi que madame Soleil et Yves Montand, sont absolument d'accord sur ce point.

Quant à Nostradamus, qui avait oublié d'être con puisqu'il croyait en Dieu, il situe précisément la fin du monde atomique le 14 juillet 1989, comme le dit clairement le paragraphe 13 du chapitre V de son « Guide Gault et Millau de la mort pas cher », je cite Nostradamus : « Deux cents années après qu'éclatoit en royaume françois la honteuse révolte où triomphoit la populace – c'est-à-dire le 14 juillet 1789 – les sauvages hordes rouges de l'Est glacé vomiront le feu du ciel sur le grand mol Occidental. »

« Le grand mol Occidental » : c'est évidemment une allusion de Nostradamus à la mollesse décadente des hommes de l'Occident avachis par la bagnole, le déclin du patriotisme, l'athéisme, les congés payés, l'abolition de la peine de mort et les sous-vêtements en dermo-tactile Babar qui suppriment le goût de l'effort tout en comprimant abusivement la zigounette.

« Lors, l'homme de guerre brandira le noyau fissuré du grand champignon fumeux, tirera la chevillette et cherrera la bombinette. »

« Dans ce brasier d'apocalypse – poursuit Nostradamus – la terre s'ouvrira dans d'épouvantables craquements, les océans déchaînés recouvriront les terres en ruine où nulle âme ne survivra et le périphérique Ouest sera fermé à la circulation entre la porte de Vincennes et le pont de Charenton. »

Donc, la femme est importante, puisque c'est elle qui assurera la continuité de l'espèce jusqu'à la fin du monde.

D'autre part, si l'on examine la femme d'un point de vue purement ludique, que constatons-nous ? Eh bien, nous constatons que la femme est souvent pour l'homme un agréable compagnon de jeux. On cite notamment le cas, reconnu médicalement, de nombreux hommes qui ne peuvent connaître de plaisir sexuel qu'avec des femmes ! Comme ce gardien de phare paimpolais, Yvon Le Poignet, qui ne pouvait rester plus de six mois d'affilée à son poste. Malgré la conscience professionnelle avec laquelle il astiquait son phare entre deux naufrages, il lui fallait absolument revenir périodiquement à terre, pour se livrer sur la personne de son épouse à des gesticulations spasmodiques dont la seule évocation soulève ce cœur d'airain qui bat sous la robe austère de la quoi ? de la justice.

Donc Josiane Balasko est coupable. La peine de mort étant toujours supprimée cette semaine, je suggère une peine d'incarcération pendant huit jours dans l'ascenseur de la tour Montparnasse, avec diffusion alternative ininterrompue de l'*Adagio* d'Albinoni et des *Feuilles mortes* par Yves Montand.

Josiane Balasko : Dans la Balasko, c'est comme dans le cochon : tout est bon.

TABLE

Réquisitoires contre...

DU MÊME AUTEUR

Manuel de savoir-vivre
à l'usage des rustres et des malpolis
Seuil, 1981
et « Points », n° P401

Vivons heureux en attendant la mort
Seuil, 1983, 1991, 1994
et « Points », n° P384

Dictionnaire superflu
à l'usage de l'élite et des bien nantis
Seuil, 1985
et « Points », n° P403

Des femmes qui tombent
roman
Seuil, 1985
et « Points », n° P479

Chroniques de la haine ordinaire
Seuil, 1987, 1991
et « Points », n° P375

Textes de scène
Seuil, 1988
et « Points », n° P433

L'Almanach
Rivages, 1988

Fonds de tiroir
Seuil, 1990

Les étrangers sont nuls
Seuil, 1992
et « Points », n° P487

La Minute nécessaire de Monsieur Cyclopède
Seuil, 1995
et « Points », n° P348

Les Bons Conseils du professeur Corbiniou
Seuil/Nemo, 1997

La seule certitude que j'ai, c'est d'être dans le doute
Seuil, 1998
et « Points », n°P884

Le Petit Reporter
Seuil, 1999
et « Points », n°P836

Les Réquisitoires
du Tribunal des Flagrants Délires, tome 1
Seuil, 2003
et « Points », n°P1274

Les Réquisitoires
du Tribunal des Flagrants Délires, tome 2
Seuil, 2003
et « Points », n°P1275

Audiovisuel

Pierre Desproges portrait
Canal + Vidéo, cassette vidéo, 1991

Les Réquisitoires
du Tribunal des Flagrants Délires
Tôt ou tard, CD, 6 volumes, 2001

Chroniques de la haine ordinaire
Tôt ou tard, CD, 4 volumes, 2001

Pierre Desproges « en scène » au théâtre Fontaine
Tôt ou tard, CD, 2001

Pierre Desproges « en scène » au théâtre Grévin
Tôt ou tard, CD, 2001

Pierre Desproges « abrégé »
Tôt ou tard, 3 CD, 2001

Pierre Desproges – coffret
Les Réquisitoires
du Tribunal des Flagrants Délires
Chroniques de la haine ordinaire
Pierre Desproges « en scène » au théâtre Fontaine
Pierre Desproges « en scène » au théâtre Grévin
Tôt ou tard, 12 CD, 2001

Pierre Desproges « en images »
L'Indispensable Encyclopédie de Monsieur Cyclopède
Desproges est vivant (portrait codicillaire) – Intégrale de l'entretien
avec Y. Riou et Ph. Pouchain :
La seule certitude que j'ai, c'est d'être dans le doute…
Les spectacles : théâtre Fontaine 1984 / théâtre Grévin 1986
Les Grandes Obsessions desprogiennes
Tôt ou tard, 4 DVD, 2002

www.desproges.fr

RÉALISATION : PAO ÉDITIONS DU SEUIL
IMPRESSION : NOVOPRINT
DÉPÔT LÉGAL : NOVEMBRE 2004. N° 68536
IMPRIMÉ EN ESPAGNE

Collection Points

DERNIERS TITRES PARUS

P705. L'Année du tigre, *par Philippe Sollers*
P706. Les Allumettes de la sacristie, *par Willy Deweert*
P707. Ô mort, vieux capitaine..., *par Joseph Bialot*
P708. Images de chair, *par Noël Simsolo*
P709. L'Œuvre de Dieu, la Part du Diable
scénario par John Irving
P710. La Ratte, *par Günter Grass*
P711. Une rencontre en Westphalie, *par Günter Grass*
P712. Le Roi, le Sage et le Bouffon
par Shafique Keshavjee
P713. Esther et le Diplomate, *par Frédéric Vitoux*
P714. Une sale rumeur, *par Anne Fine*
P715. Souffrance en France, *par Christophe Dejours*
P716. Jeunesse dans une ville normande
par Jacques-Pierre Amette
P717. Un chien de sa chienne, *par Roger Martin*
P718. L'Ombre de la louve, *par Pierre Pelot*
P719. Michael K, sa vie, son temps, *par J.M.Coetzee*
P720. En attendant les barbares, *par J.M.Coetzee*
P721. Voir les jardins de Babylone, *par Geneviève Brisac*
P722. L'Aveuglement, *par José Saramago*
P723. L'Évangile selon Jésus-Christ, *par José Saramago*
P724. Si ce livre pouvait me rapprocher de toi
par Jean-Paul Dubois
P725. Le Capitaine Alatriste, *par Arturo Pérez-Reverte*
P726. La Conférence de Cintegabelle, *par Lydie Salvayre*
P727. La Morsure des ténèbres, *par Brigitte Aubert*
P728. La Splendeur du Portugal, *par António Lobo Antunes*
P729. Tlacuilo, *par Michel Rio*
P730. Poisson d'amour, *par Didier van Cauwelaert*
P731. La Forêt muette, *par Pierre Pelot*
P732. Départements et Territoires d'outre-mort
par Henri Gougaud
P733. Le Couturier de la Mort, *par Brigitte Aubert*
P734. Entre deux eaux, *par Donna Leon*
P735. Sheol, *par Marcello Fois*
P736. L'Abeille d'Ouessant, *par Hervé Hamon*
P737. Besoin de mirages, *par Gilles Lapouge*
P738. La Porte d'or, *par Michel Le Bris*
P739. Le Sillage de la baleine, *par Francisco Coloane*
P740. Les Bûchers de Bocanegra, *par Arturo Pérez-Reverte*
P741. La Femme aux melons, *par Peter Mayle*
P742. La Mort pour la mort, *par Alexandra Marinina*
P743. La Spéculation immobilière, *par Italo Calvino*

P744. Mitterrand, une histoire de Français.
1. Les Risques de l'escalade, *par Jean Lacouture*

P745. Mitterrand, une histoire de Français.
2. Les Vertiges du sommet, *par Jean Lacouture*

P746. L'Auberge des pauvres, *par Tahar Ben Jelloun*

P747. Coup de lame, *par Marc Trillard*

P748. La Servante du seigneu
par Denis Bretin et Laurent Bonzon

P749. La Mort, *par Michel Rio*

P750. La Statue de la liberté, *par Michel Rio*

P751. Le Grand Passage, *par Cormac McCarthy*

P752. Glamour Attitude, *par Jay McInerney*

P753. Le Soleil de Breda, *par Arturo Pérez-Reverte*

P754. Le Prix, *par Manuel Vázquez Montalbán*

P755. La Sourde, *par Jonathan Kellerman*

P756. Le Sténopé, *par Joseph Bialot*

P757. Carnivore Express, *par Stéphanie Benson*

P758. Monsieur Pinocchio, *par Jean-Marc Roberts*

P759. Les Enfants du Siècle, *par François-Olivier Rousseau*

P760. Paramour, *par Henri Gougaud*

P761. Les Juges, *par Elie Wiesel*

P762. En attendant le vote des bêtes sauvages
par Ahmadou Kourouma

P763. Une veuve de papier, *par John Irving*

P764. Des putes pour Gloria, *par William T. Vollman*

P765. Ecstasy, *par Irvine Welsh*

P766. Beau Regard, *par Patrick Roegiers*

P767. La Déesse aveugle, *par Anne Holt*

P768. Au cœur de la mort, *par Lawrence Block*

P769. Fatal Tango, *par Jean-Paul Nozière*

P770. Meurtres au seuil de l'an 2000
par Éric Bouhier, Yves Dauteuille, Maurice Detry, Dominique Gacem, Patrice Verry

P771. Le Tour de France n'aura pas lieu, *par Jean-Noël Blanc*

P772. Sharkbait, *par Susan Geason*

P773. Vente à la criée du lot 49, *par Thomas Pynchon*

P774. Grand Seigneur, *par Louis Gardel*

P775. La Dérive des continents, *par Morgan Sportès*

P776. Single & Single, *par John le Carré*

P777. Ou César ou rien, *par Manuel Vázquez Montalbán*

P778. Les Grands Singes, *par Will Self*

P779. La Plus Belle Histoire de l'homme, *par André Langaney, Jean Clottes, Jean Guilaine et Dominique Simonnet*

P780. Le Rose et le Noir, *par Frédéric Martel*

P781. Le Dernier Coyote, *par Michael Connelly*
P782. Prédateurs, *par Noël Simsolo*
P783. La gratuité ne vaut plus rien, *par Denis Guedj*
P784. Le Général Solitude, *par Éric Faye*
P785. Le Théorème du perroquet, *par Denis Guedj*
P786. Le Merle bleu, *par Michèle Gazier*
P787. Anchise, *par Maryline Desbiolles*
P788. Dans la nuit aussi le ciel, *par Tiffany Tavernier*
P789. À Suspicious River, *par Laura Kasischke*
P790. Le Royaume des voix, *par Antonio Muñoz Molina*
P791. Le Petit Navire, *par Antonio Tabucchi*
P792. Le Guerrier solitaire, *par Henning Mankell*
P793. Ils y passeront tous, *par Lawrence Block*
P794. Ceux de la Vierge obscure, *par Pierre Mezinski*
P795. La Refondation du monde, *par Jean-Claude Guillebaud*
P796. L'Amour de Pierre Neuhart, *par Emmanuel Bove*
P797. Le Pressentiment, *par Emmanuel Bove*
P798. Le Marida, *par Myriam Anissimov*
P799. Toute une histoire, *par Günter Grass*
P800. Jésus contre Jésus, *par Gérard Mordillat et Jérôme Prieur*
P801. Connaissance de l'enfer, *par António Lobo Antunes*
P802. Quasi objets, *par José Saramago*
P803. La Mante des Grands-Carmes, *par Robert Deleuse*
P804. Neige, *par Maxence Fermine*
P805. L'Acquittement, *par Gaëtan Soucy*
P806. L'Évangile selon Caïn, *par Christian Lehmann*
P807. L'Invention du père, *par Arnaud Cathrine*
P808. Le Premier Jardin, *par Anne Hébert*
P809. L'Isolé Soleil, *par Daniel Maximin*
P810. Le Saule, *par Hubert Selby Jr.*
P811. Le Nom des morts, *par Stewart O'Nan*
P812. V., *par Thomas Pynchon*
P813. Vineland, *par Thomas Pynchon*
P814. Malina, *par Ingeborg Bachmann*
P815. L'Adieu au siècle, *par Michel Del Castillo*
P816. Pour une naissance sans violence, *par Frédérick Leboyer*
P817. André Gide, *par Pierre Lepape*
P818. Comment peut-on être breton ?, *par Morvan Lebesque*
P819. London Blues, *par Anthony Frewin*
P820. Sempre caro, *par Marcello Fois*
P821. Palazzo maudit, *par Stéphanie Benson*
P822. Le Labyrinthe des sentiments, *par Tahar Ben Jelloun*
P823. Iran, les rives du sang, *par Fariba Hachtroudi*
P824. Les Chercheurs d'os, *par Tahar Djaout*

P825. Conduite intérieure, *par Pierre Marcelle*
P826. Tous les noms, *par José Saramago*
P827. Méridien de sang, *par Cormac McCarthy*
P828. La Fin des temps, *par Haruki Murakami*
P830. Pour que la terre reste humaine, *par Nicolas Hulot, Robert Barbault et Dominique Bourg*
P831. Une saison au Congo, *par Aimé Césaire*
P832. Le Manège espagnol, *par Michel Del Castillo*
P833. Le Berceau du chat, *par Kurt Vonnegut*
P834. Billy Straight, *par Jonathan Kellerman*
P835. Créance de sang, *par Michael Connelly*
P836. Le Petit Reporter, *par Pierre Desproges*
P837. Le Jour de la fin du monde…, *par Patrick Grainville*
P838. La Diane rousse, *par Patrick Grainville*
P839. Les Forteresses noires, *par Patrick Grainville*
P840. Une rivière verte et silencieuse, *par Hubert Mingarelli*
P841. Le Caniche noir de la diva, *par Helmut Krausser*
P842. Le Pingouin, *par Andreï Kourkov*
P843. Mon siècle, *par Günter Grass*
P844. Les Deux Sacrements, *par Heinrich Böll*
P845. Les Enfants des morts, *par Heinrich Böll*
P846. Politique des sexes, *par Sylviane Agacinski*
P847. King Suckerman, *par George P. Pelecanos*
P848. La Mort et un peu d'amour, *par Alexandra Marinina*
P849. Pudding mortel, *par Margaret Yorke*
P850. Hemoglobine Blues, *par Philippe Thirault*
P851. Exterminateurs, *par Noël Simsolo*
P852. Une curieuse solitude, *par Philippe Sollers*
P853. Les Chats de hasard, *par Anny Duperey*
P854. Les poissons me regardent, *par Jean-Paul Dubois*
P855. L'Obéissance, *par Suzanne Jacob*
P856. Visions fugitives, *par William Boyd*
P857. Vacances anglaises, *par Joseph Connolly*
P858. Le Diamant noir, *par Peter Mayle*
P859. Péchés mortels, *par Donna Leon*
P860. Le Quintette de Buenos Aires *par Manuel Vázquez Montalbán*
P861. Y'en a marre des blondes, *par Lauren Anderson*
P862. Descente d'organes, *par Brigitte Aubert*
P863. Autoportrait d'une psychanalyste, *par Françoise Dolto*
P864. Théorie quantitative de la démence, *par Will Self*
P865. Cabinet d'amateur, *par Georges Perec*
P866. Confessions d'un enfant gâté, *par Jacques-Pierre Amette*
P867. Génis ou le Bambou parapluie, *par Denis Guedj*

P868. Le Seul Amant, *par Eric Deschodt, Jean-Claude Lattès*
P869. Un début d'explication, *par Jean-Marc Roberts*
P870. Petites Infamies, *par Carmen Posadas*
P871. Les Masques du héros, *par Juan Manuel de Prada*
P872. Mal'aria, *par Eraldo Baldini*
P873. Leçons américaines, *par Italo Calvino*
P874. L'Opéra de Vigata, *par Andrea Camilleri*
P875. La Mort des neiges, *par Brigitte Aubert*
P876. La lune était noire, *par Michael Connelly*
P877. La Cinquième Femme, *par Henning Mankell*
P878. Le Parc, *par Philippe Sollers*
P879. Paradis, *par Philippe Sollers*
P880. Psychanalyse six heures et quart
par Gérard Miller, Dominique Miller
P881. La Décennie Mitterrand 4
par Pierre Favier, Michel Martin-Roland
P882. Trois Petites Mortes, *par Jean-Paul Nozière*
P883. Le Numéro 10, *par Joseph Bialot*
P884. La seule certitude que j'ai, c'est d'être dans le doute
par Pierre Desproges
P885. Les Savants de Bonaparte, *par Robert Solé*
P886. Un oiseau blanc dans le blizzard, *par Laura Kasischke*
P887. La Filière émeraude, *par Michael Collins*
P888. Le Bogart de la cambriole, *par Lawrence Block*
P889. Le Diable en personne, *par Robert Lalonde*
P890. Les Bons Offices, *par Pierre Mertens*
P891. Mémoire d'éléphant, *par Antonio Lobo Antunes*
P892. L'Œil d'Ève, *par Karin Fossum*
P893. La Croyance des voleurs, *par Michel Chaillou*
P894. Les Trois Vies de Babe Ozouf, *par Didier Decoin*
P895. L'Enfant de la mer de Chine, *par Didier Decoin*
P896. Le Soleil et la Roue, *par Rose Vincent*
P897. La Plus Belle Histoire du monde, *par Joël de Rosnay*
Hubert Reeves, Dominique Simonnet, Yves Coppens
P898. Meurtres dans l'audiovisuel, *par Yan Bernabot, Guy Buffet*
Frédéric Karar, Dominique Mitton
et Marie-Pierre Nivat-Henocque
P899. Tout le monde descend, *par Jean-Noël Blanc*
P900. Les Belles Âmes, *par Lydie Salvayre*
P901. Le Mystère des trois frontières, *par Eric Faye*
P902. Petites Natures mortes au travail, *par Yves Pagès*
P903. Namokel, *par Catherine Lépront*
P904. Mon frère, *par Jamaica Kincaid*
P905. Maya, *par Jostein Gaarder*

P906. Le Fantôme d'Anil, *par Michael Ondaatje*
P907. Quatre Voyageurs, *par Alain Fleischer*
P908. La Bataille de Paris, *par Jean-Luc Einaudi*
P909. L'Amour du métier, *par Lawrence Block*
P910. Biblio-quête, *par Stéphanie Benson*
P911. Quai des désespoirs, *par Roger Martin*
P912. L'Oublié, *par Elie Wiesel*
P913. La Guerre sans nom
par Patrick Rotman et Bertrand Tavernier
P914. Cabinet-portrait, *par Jean-Luc Benoziglio*
P915. Le Loum, *par René-Victor Pilhes*
P916. Mazag, *par Robert Solé*
P917. Les Bonnes Intentions, *par Agnès Desarthe*
P918. Des anges mineurs, *par Antoine Volodine*
P919. L'Ingénieux Hidalgo Don Quichotte 1
par Miguel de Cervantes
P920. L'Ingénieux Hidalgo Don Quichotte 2
par Miguel de Cervantes
P921. La Taupe, *par John le Carré*
P922. Comme un collégien, *par John le Carré*
P923. Les Gens de Smiley, *par John le Carré*
P924. Les Naufragés de la Terre sainte, *par Sheri Holman*
P925. Épître des destinées, *par Gamal Ghitany*
P926. Sang du ciel, *par Marcello Fois*
P927. Meurtres en neige, *par Margaret Yorke*
P928. Heureux les imbéciles, *par Philippe Thirault*
P929. Beatus Ille, *par Antonio Muñoz Molina*
P930. Le Petit Traité des grandes vertus
par André Comte-Sponville
P931. Le Mariage berbère, *par Simonne Jacquemard*
P932. Dehors et pas d'histoires, *par Christophe Nicolas*
P933. L'Homme blanc, *par Tiffany Tavernier*
P934. Exhortation aux crocodiles, *par Antonio Lobo Antunes*
P935. Treize Récits et Treize Épitaphes, *par William T. Vollmann*
P936. La Traversée de la nuit
par Geneviève de Gaulle Anthonioz
P937. Le Métier à tisser, *par Mohammed Dib*
P938. L'Homme aux sandales de caoutchouc, *par Kateb Yacine*
P939. Le Petit Col des loups, *par Maryline Desbiolles*
P940. Allah n'est pas obligé, *par Ahmadou Kourouma*
P941. Veuves au maquillage, *par Pierre Senges*
P942. La Dernière Neige, *par Hubert Mingarelli*
P943. Requiem pour une huître, *par Hubert Michel*
P944. Morgane, *par Michel Rio*

P945. Oncle Petros et la Conjecture de Goldbach
par Apostolos Doxiadis
P946. La Tempête, *par Juan Manuel de Prada*
P947. Scènes de la vie d'un jeune garçon, *par J.M. Coetzee*
P948. L'avenir vient de loin, *par Jean-Noël Jeanneney*
P949. 1280 Âmes, *par Jean-Bernard Pouy*
P950. Les Péchés des pères, *par Lawrence Block*
P951. Les Enfants de fortune, *par Jean-Marc Roberts*
P952. L'Incendie, *par Mohammed Dib*
P953. Aventures, *par Italo Calvino*
P954. Œuvres pré-posthumes, *par Robert Musil*
P955. Sérénissime Assassinat, *par Gabrielle Wittkop*
P956. L'Ami de mon père, *par Frédéric Vitoux*
P957. Messaouda, *par Abdelhak Serhane*
P958. La Croix et la Bannière, *par William Boyd*
P959. Une voix dans la nuit, *par Armistead Maupin*
P960. La Face cachée de la lune, *par Martin Suter*
P961. Des villes dans la plaine, *par Cormac McCarthy*
P962. L'Espace prend la forme de mon regard
par Hubert Reeves
P963. L'Indispensable Petite Robe noire, *par Lauren Henderson*
P964. Vieilles Dames en péril, *par Margaret Yorke*
P965. Jeu de main, jeu de vilain, *par Michelle Spring*
P966. Carlota Fainberg, *par Antonio Muñoz Molina*
P967. Cette aveuglante absence de lumière, *par Tahar Ben Jelloun*
P968. Manuel de peinture et de calligraphie, *par José Saramago*
P969. Dans le nu de la vie, *par Jean Hatzfeld*
P970. Lettres luthériennes, *par Pier Paolo Pasolini*
P971. Les Morts de la Saint-Jean, *par Henning Mankell*
P972. Ne zappez pas, c'est l'heure du crime, *par Nancy Star*
P973. Connaissance de la douleur, *par Carlo Emilio Gadda*
P974. Les Feux du Bengale, *par Amitav Ghosh*
P975. Le Professeur et la Sirène
par Giuseppe Tomasi di Lampedusa
P976. Éloge de la phobie, *par Brigitte Aubert*
P977. L'Univers, les dieux, les hommes, *par Jean-Pierre Vernant*
P978. Les Gardiens de la vérité, *par Michael Collins*
P979. Jours de Kabylie, *par Mouloud Feraoun*
P980. La Pianiste, *par Elfriede Jelinek*
P981. L'homme qui savait tout, *par Catherine David*
P982. La Musique d'une vie, *par Andreï Makine*
P983. Un vieux cœur, *par Bertrand Visage*
P984. Le Caméléon, *par Andreï Kourkov*
P985. Le Bonheur en Provence, *par Peter Mayle*

P986. Journal d'un tueur sentimental et autres récits *par Luis Sepúlveda*
P987. Étoile de mère, *par G. Zoë Garnett*
P988. Le Vent du plaisir, *par Hervé Hamon*
P989. L'Envol des anges, *par Michael Connelly*
P990. Noblesse oblige, *par Donna Leon*
P991. Les Étoiles du Sud, *par Julien Green*
P992. En avant comme avant !, *par Michel Folco*
P993. Pour qui vous prenez-vous ?, *par Geneviève Brisac*
P994. Les Aubes, *par Linda Lê*
P995. Le Cimetière des bateaux sans nom *par Arturo Pérez-Reverte*
P996. Un pur espion, *par John le Carré*
P997. La Plus Belle Histoire des animaux, *par Boris Cyrulnik, Jean-Pierre Digard, Pascal Picq, Karine-Lou Matignon*
P998. La Plus Belle Histoire de la Terre, *par André Brahic, Paul Tapponnier, Lester R. Brown, Jacques Girardon*
P999. La Plus Belle Histoire des plantes, *par Jean-Marie Pelt, Marcel Mazoyer, Théodore Monod, Jacques Girardon*
P1000. Le Monde de Sophie, *par Jostein Gaarder*
P1001. Suave comme l'éternité, *par George P. Pelecanos*
P1002. Cinq Mouches bleues, *par Carmen Posadas*
P1003. Le Monstre, *par Jonathan Kellerman*
P1004. À la trappe !, *par Andrew Klavan*
P1005. Urgence, *par Sarah Paretsky*
P1006. Galindez, *par Manuel Vázquez Montalbán*
P1007. Le Sanglot de l'homme blanc, *par Pascal Bruckner*
P1008. La Vie sexuelle de Catherine M., *par Catherine Millet*
P1009. La Fête des Anciens, *par Pierre Mertens*
P1010. Une odeur de mantèque, *par Mohammed Khaïr-Eddine*
P1011. N'oublie pas mes petits souliers, *par Joseph Connolly*
P1012. Les Bonbons chinois, *par Mian Mian*
P1013. Boulevard du Guinardó, *par Juan Marsé*
P1014. Des lézards dans le ravin, *par Juan Marsé*
P1015. Besoin de vélo, *par Paul Fournel*
P1016. La Liste noire, *par Alexandra Marinina*
P1017. La Longue Nuit du sans-sommeil, *par Lawrence Block*
P1018. Perdre, *par Pierre Mertens*
P1019. Les Exclus, *par Elfriede Jelinek*
P1020. Putain, *par Nelly Arcan*
P1021. La Route de Midland, *par Arnaud Cathrine*
P1022. Le Fil de soie, *par Michèle Gazier*
P1023. Paysages originels, *par Olivier Rolin*
P1024. La Constance du jardinier, *par John Le Carré*

P1025. Ainsi vivent les morts, *par Will Self*
P1026. Doux Carnage, *par Toby Litt*
P1027. Le Principe d'humanité, *par Jean-Claude Guillebaud*
P1028. Bleu, histoire d'une couleur, *par Michel Pastoureau*
P1029. Speedway, *par Philippe Thirault*
P1030. Les Os de Jupiter, *par Faye Kellerman*
P1031. La Course au mouton sauvage, *par Haruki Murakami*
P1032. Les Sept Plumes de l'aigle, *par Henri Gougaud*
P1033. Arthur, *par Michel Rio*
P1034. Hémisphère Nord, *par Patrick Roegiers*
P1035. Disgrâce, *par J.M. Coetzee*
P1036. L'Âge de fer, *par J.M. Coetzee*
P1037. Les Sombres feux du passé, *par Chang-rae Lee*
P1038. Les Voix de la liberté, *par Michel Winock*
P1039. Nucléaire Chaos, *par Stéphanie Benson*
P1040. Bienheureux ceux qui ont soif..., *par Anne Holt*
P1041. Le Marin à l'ancre, *par Bernard Giraudeau*
P1042. L'Oiseau des ténèbres, *par Michael Connelly*
P1043. Les Enfants des rues étroites, *par Abdelhak Sehrane*
P1044. L'Ile et Une nuit, *par Daniel Maximin*
P1045. Bouquiner, *par Annie François*
P1046. Nat Tate, *par William Boyd*
P1047. Le Grand Roman indien, *par Shashi Tharoor*
P1048. Les Lettres mauves, *par Lawrence Block*
P1049. L'Imprécateur, *par René-Victor Pilhes*
P1050. Le Stade de Wimbledon, *par Daniele Del Giudice*
P1051. La Deuxième Gauche
par Hervé Hamon et Patrick Rotman
P1052. La Tête en bas, *par Noëlle Châtelet*
P1053. Le Jour de la cavalerie, *par Hubert Mingarelli*
P1054. Le Violon noir, *par Maxence Fermine*
P1055. Vita Brevis, *par Jostein Gaarder*
P1056. Le Retour des caravelles, *par António Lobo Antunes*
P1057. L'Enquête, *par Juan José Saer*
P1058. Pierre Mendès France, *par Jean Lacouture*
P1059. Le Mètre du monde, *par Denis Guedj*
P1060. Mort d'une héroïne rouge, *par Qiu Xiaolong*
P1061. Angle mort, *par Sara Paretsky*
P1062. La Chambre d'écho, *par Régine Detambel*
P1063. Madame Seyerling, *par Didier Decoin*
P1064. L'Atlantique et les Amants, *par Patrick Grainville*
P1065. Le Voyageur, *par Alain Robbe-Grillet*
P1066. Le Chagrin des Belges, *par Hugo Claus*
P1067. La Ballade de l'impossible, *par Haruki Murakami*

P1068. Minoritaires, *par Gérard Miller*
P1069. La Reine scélérate, *par Chantal Thomas*
P1070. Trompe la mort, *par Lawrence Block*
P1071. V'là aut' chose, *par Nancy Star*
P1072. Jusqu'au dernier, *par Deon Meyer*
P1073. Le Rire de l'ange, *par Henri Gougaud*
P1074. L'Homme sans fusil, *par Ysabelle Lacamp*
P1075. Le Théoriste, *par Yves Pagès*
P1076. L'Artiste des dames, *par Eduardo Mendoza*
P1077. Les Turbans de Venise, *par Nedim Gürsel*
P1078. Zayni Barakat, *par Ghamal Ghitany*
P1079. Éloge de l'amitié, ombre de la trahison *par Tahar Ben Jelloun*
P1080. La Nostalgie du possible. Sur Pessoa *par Antonio Tabucchi*
P1081. La Muraille invisible, *par Henning Mankell*
P1082. Ad vitam aeternam, *par Thierry Jonquet*
P1083. Six Mois au fond d'un bureau, *par Laurent Laurent*
P1084. L'Ami du défunt, *par Andreï Kourkov*
P1085. Aventures dans la France gourmande, *par Peter Mayle*
P1086. Les Profanateurs, *par Michael Collins*
P1087. L'Homme de ma vie, *par Manuel Vázquez Montalbán*
P1088. Wonderland Avenue, *par Michael Connelly*
P1089. L'Affaire Paola, *par Donna Leon*
P1090. Nous n'irons plus au bal, *par Michelle Spring*
P1091. Les Comptoirs du Sud, *par Philippe Doumenc*
P1092. Foraine, *par Paul Fournel*
P1093. Mère agitée, *par Nathalie Azoulay*
P1094. Amanscale, *par Maryline Desbiolles*
P1095. La Quatrième Main, *par John Irving*
P1096. La Vie devant ses yeux, *par Laura Kasischke*
P1097. Foe, *par J.M. Coetzee*
P1098. Les Dix Commandements, *par Marc-Alain Ouaknin*
P1099. Errance, *par Raymond Depardon*
P1100. Dr la Mort, *par Jonathan Kellerman*
P1101. Tatouage à la fraise, *par Lauren Henderson*
P1102. La Frontière, *par Patrick Bard*
P1103. La Naissance d'une famille, *par T. Berry Brazelton*
P1104. Une mort secrète, *par Richard Ford*
P1105. Blanc comme neige, *par George P. Pelecanos*
P1106. Jours tranquilles à Belleville, *par Thierry Jonquet*
P1107. Amants, *par Catherine Guillebaud*
P1108. L'Or du roi, *par Arturo Perez-Reverte*
P1109. La Peau d'un lion, *par Michael Ondaatje*

P1110. Funérarium, *par Brigitte Aubert*
P1111. Requiem pour une ombre, *par Andrew Klavan*
P1113. Tigre en papier, *par Olivier Rolin*
P1114. Le Café Zimmermann, *par Catherine Lépront*
P1115. Le Soir du chien, *par Marie-Hélène Lafon*
P1116. Hamlet, pan, pan, pan, *par Christophe Nicolas*
P1117. La Caverne, *par José Saramago*
P1118. Un ami parfait, *par Martin Suter*
P1119. Chang et Eng le double-garçon, *par Darin Strauss*
P1120. Les Amantes, *par Elfriede Jelinek*
P1121. L'Étoffe du diable, *par Michel Pastoureau*
P1122. Meurtriers sans visage, *par Henning Mankell*
P1123. Taxis noirs, *par John McLaren*
P1124. La Revanche de Dieu, *par Gilles Kepel*
P1125. À ton image, *par Louise L. Lambrichs*
P1126. Les Corrections, *par Jonathan Franzen*
P1127. Les Abeilles et la Guêpe, *par François Maspero*
P1128. Les Adieux à la Reine, *par Chantal Thomas*
P1129. Dondog, *par Antoine Volodine*
P1130. La Maison Russie, *par John le Carré*
P1131. Livre de chroniques, *par António Lobo Antunes*
P1132. L'Europe en première ligne, *par Pascal Lamy*
P1133. Les Nouveaux Maîtres du monde, *par Jean Ziegler*
P1134. Tous des rats, *par Barbara Seranella*
P1135. Des morts à la criée, *par Ed Dee*
P1136. Allons voir plus loin, veux-tu ?, *par Anny Duperey*
P1137. Les Papas et les Mamans, *par Diastème*
P1138. Phantasia, *par Abdelwahab Meddeb*
P1139. Métaphysique du chien, *par Philippe Ségur*
P1140. Mosaïque, *par Claude Delarue*
P1141. Dormir accompagné, *par António Lobo Antunes*
P1142. Un monde ailleurs, *par Stewart O'Nan*
P1143. Rocks Springs, *par Richard Ford*
P1144. L'Ami de Vincent, *par Jean-Marc Roberts*
P1145. La Fascination de l'étang, *par Virginia Woolf*
P1146. Ne te retourne pas, *par Karin Fossum*
P1147. Dragons, *par Marie Desplechin*
P1148. La Médaille, *par Lydie Salvayre*
P1149. Les Beaux Bruns, *par Patrick Gourvennec*
P1150. Poids léger, *par Olivier Adam*
P1151. Les Trapézistes et le Rat, *par Alain Fleischer*
P1152. À livre ouvert, *par William Boyd*
P1153. Péchés innombrables, *par Richard Ford*
P1154. Une situation difficile, *par Richard Ford*

P1155. L'éléphant s'évapore, *par Haruki Murakami*
P1156. Un amour dangereux, *par Ben Okri*
P1157. Le Siècle des communismes, *ouvrage collectif*
P1158. Funky Guns, *par George P. Pelecanos*
P1159. Les Soldats de l'aube, *par Deon Meyer*
P1160. Le Figuier, *par François Maspero*
P1161. Les Passagers du Roissy-Express, *par François Maspero*
P1125. À ton image, *par Louise L. Lambrichs*
P1162. Visa pour Shanghaï, *par Qiu Xiaolong*
P1163. Des dahlias rouge et mauve, *par Frédéric Vitoux*
P1164. Il était une fois un vieux couple heureux *par Mohammed Khaïr-Eddine*
P1165. Toilette de chat, *par Jean-Marc Roberts*
P1166. Catalina, *par Florence Delay*
P1167. Nid d'hommes, *par Lu Wenfu*
P1168. La Longue Attente, *par Ha Jin*
P1169. Pour l'amour de Judith, *par Meir Shalev*
P1170. L'Appel du couchant, *par Gamal Ghitany*
P1171. Lettres de Drancy
P1172. Quand les parents se séparent, *par Françoise Dolto*
P1173. Amours sorcières, *par Tahar Ben Jelloun*
P1174. Sale Temps, *par Sara Paretsky*
P1175. L'Ange du Bronx, *par Ed Dee*
P1176. La Maison du désir, *par France Huser*
P1177. Cytomégalovirus, *par Hervé Guibert*
P1178. Les Treize Pas, *par Mo Yan*
P1179. Le Pays de l'alcool, *par Mo Yan*
P1180. Le Principe de Frédelle, *par Agnès Desarthe*
P1181. Les Gauchers, *par Yves Pagès*
P1182. Rimbaud en Abyssinie, *par Alain Borer*
P1183. Tout est illuminé, *par Jonathan Safran Foer*
P1184. L'Enfant zigzag, *par David Grossman*
P1185. La Pierre de Rosette *par Robert Solé et Dominique Valbelle*
P1186. Le Maître de Petersbourg, *par J.M. Coetzee*
P1187. Les Chiens de Riga, *par Henning Mankell*
P1188. Le Tueur, *par Eraldo Baldini*
P1189. Un silence de fer, *par Marcello Fois*
P1190. La Filière du jasmin, *par Denise Hamilton*
P1191. Déportée en Sibérie, *par Margarete Buber-Neumann*
P1192. Les Mystères de Buenos Aires, *par Manuel Puig*
P1193. La Mort de la phalène, *par Virginia Woolf*
P1194. Sionoco, *par Leon de Winter*
P1195. Poèmes et Chansons, *par Georges Brassens*

P1196. Innocente, *par Dominique Souton*
P1197. Taking Lives/Destins violés, *par Michael Pye*
P1198. Gang, *par Toby Litt*
P1199. Elle est partie, *par Catherine Guillebaud*
P1200. Le Luthier de Crémone, *par Herbert Le Porrier*
P1201. Le Temps des déracinés, *par Elie Wiesel*
P1202. Les Portes du sang, *par Michel del Castillo*
P1203. Featherstone, *par Kirsty Gunn*
P1204. Un vrai crime pour livres d'enfants, *par Chloe Hooper*
P1205. Les Vagabonds de la faim, *par Tom Kromer*
P1206. Mister Candid, *par Jules Hardy*
P1207. Déchaînée, *par Lauren Henderson*
P1208. Hypnose mode d'emploi, *par Gérard Miller*
P1209. Corse, *par Jean-Noël Pancrazi et Raymond Depardon*
P1210. Le Dernier Viking, *par Patrick Grainville*
P1211. Charles et Camille, *par Frédéric Vitoux*
P1212. Siloé, *par Paul Gadenne*
P1213. Bob Marley, *par Stephen Davies*
P1214. Ça ne peut plus durer, *par Joseph Connolly*
P1215. Tombe la pluie, *par Andrew Klavan*
P1216. Quatre Soldats, *par Hubert Mingarelli*
P1217. Les Cheveux de Bérénice, *par Denis Guedj*
P1218. Les Garçons d'en face, *par Michèle Gazier*
P1219. Talion, *par Christian de Montella*
P1220. Les Images, *par Alain Rémond*
P1221. La Reine du Sud, *par Arturo Perez-Reverte*
P1222. Vieille Menteuse, *par Anne Fine*
P1223. Danse, danse, danse, *par Haruki Murakami*
P1224. Le Vagabond de Holmby Park, *par Herbert Lieberman*
P1225. Des amis haut placés, *par Donna Leon*
P1226. Tableaux d'une ex., *par Jean-Luc Benoziglio*
P1227. La Compagnie, le grand roman de la CIA *par Robert Little*
P1228. Chair et sang, *par Jonathan Kellerman*
P1230. Darling Lilly, *par Michael Connelly*
P1231. Les Tortues de Zanzibar, *par Giles Foden*
P1232. Il a fait l'idiot à la chapelle !, *par Daniel Auteuil*
P1233. Lewis & Alice, *par Didier Decoin*
P1234. Dialogue avec mon jardinier, *par Henri Cueco*
P1235. L'Émeute, *par Shashi Tharoor*
P1236. Le Palais des Miroirs, *par Amitav Ghosh*
P1237. La Mémoire du corps, *par Shauna Singh Baldwin*
P1238. Middlesex, *par Jeffrey Eugenides*
P1239. Je suis mort hier, *par Alexandra Marinina*

P1240. Cendrillon, mon amour, *par Lawrence Block*
P1241. L'Inconnue de Baltimore, *par Laura Lippman*
P1242. Berlinale Blitz, *par Stéphanie Benson*
P1243. Abattoir 5, *par Kurt Vonnegut*
P1244. Catalogue des idées reçues sur la langue *par Marina Yaguello*
P1245. Tout se paye, *par Georges P. Pelacanos*
P1246. Autoportrait à l'ouvre-boîte, *par Philippe Ségur*
P1247. Tout s'avale, *par Hubert Michel*
P1248. Quand on aime son bourreau, *par Jim Lewis*
P1249. Tempête de glace, *par Rick Moody*
P1250. Dernières Nouvelles du bourbier *par Alexandre Ikonnikov*
P1251. Le Rameau brisé, *par Jonathan Kellerman*
P1252. Passage à l'ennemie, *par Lydie Salvayre*
P1254. Le Goût de l'avenir, *par Jean-Claude Guillebaud*
P1255. L'Étoile d'Alger, *par Aziz Chouaki*
P1256. Cartel en tête, *par John McLaren*
P1257. Sans penser à mal, *par Barbara Seranella*
P1258. Tsili, *par Aharon Appelfeld*
P1259. Le Temps des prodiges, *par Aharon Appelfeld*
P1260. Ruines-de-Rome, *par Pierre Sengès*
P1261. La Beauté des loutres, *par Hubert Mingarelli*
P1262. La Fin de tout, *par Jay McInerney*
P1263. Jeanne et les siens, *par Michel Winock*
P1264. Les Chats mots, *par Anny Duperey*
P1265. Quand j'avais cinq ans, je m'ai tué, *par Howard Buten*
P1266. Vers l'âge d'homme, *par J.M. Coetzee*
P1267. L'Invention de Paris, *par Eric Hazan*
P1268. Chroniques de l'oiseau à ressort, *par Haruki Murakami*
P1269. En crabe, *par Günter Grass*
P1270. Mon père, ce harki, *par Dalila Kerchouche*
P1271. Lumière morte, *par Michael Connelly*
P1272. Détonations rapprochées, *par C.J. Box*
P1273. Lorsque la nature parlait aux Égyptiens *par Christian Desroches Noblecourt*
P1274. Le Tribunal des Flagrants Délires, t. 1, *par Pierre Desproges*
P1275. Le Tribunal des Flagrants Délires, t. 2, *par Pierre Desproges*
P1276. Un amant naïf et sentimental, *par John le Carré*
P1277. Fragiles, *par Philippe Delerm et Martine Delerm*
P1278. La Chambre blanche, *par Christine Jordis*
P1279. Adieu la vie, adieu l'amour, *par Juan Marsé*
P1280. N'entre pas si vite dans cette nuit noire *par António Lobo Antunes*